Oscar Wilde (Oscar Fingal O'Flahertie Wills Wilde), geboren am 16. Oktober 1854 in Dublin, ist am 30. November 1900 in einem Pariser Hotel gestorben.

Lord Arthur Savile plant einen Mord. Hat ihm doch ein Chiromant jüngst auf einem Empfang bei Lady Windermere prophezeit, dieses schreckliche Verbrechen zu begehen. Nun empfindet er diese Weissagung als Schicksal und auch als Verpflichtung, der er sich noch vor seiner Hochzeit mit einer jungen Dame der Gesellschaft rasch und sauber entledigen will.

Neben dieser satirisch-ironischen Titelerzählung enthält die Sammlung ferner: *Das Gespenst von Canterville, Die Sphinx ohne Geheimnis* und *Der Modellmillionär.*

insel taschenbuch 1151
Oscar Wilde
Lord Arthur Saviles
Verbrechen

Oscar Wilde
Lord Arthur Saviles Verbrechen

und andere Geschichten

Aus dem Englischen von
Christine Hoeppener

Mit Illustrationen von
Michael Schroeder

Insel Verlag

insel taschenbuch 1151
Erste Auflage 1988
© dieser Ausgabe Insel Verlag Frankfurt am Main 1988
Für die Übersetzungen von Christine Hoeppener:
© 1976 Insel-Verlag Anton Kippenberg, Leipzig
Hinweise zu dieser Ausgabe am Schluß des Bandes
Vertrieb durch den Suhrkamp Taschenbuch Verlag
Umschlag nach Entwürfen von Willy Fleckhaus
Satz: MZ-Verlagsdruckerei, Memmingen
Druck: Nomos Verlagsgesellschaft, Baden-Baden
Printed in Germany

1 2 3 4 5 6 − 93 92 91 90 89 88

Inhalt

Lord Arthur Saviles
Verbrechen

Eine Studie über Pflicht

Es war Lady Windermeres letzter Empfang vor Ostern, und Bentinck House war noch überfüllter als sonst. Sechs Kabinettsminister waren mit ihren Ordenssternen und -bändern direkt vom Lever des Präsidenten gekommen, all die hübschen Frauen trugen ihre elegantesten Roben, und am Ende der Gemäldegalerie stand die Fürstin Sophia von Karlsruhe, eine gewichtige, tatarisch aussehende Dame mit winzigen schwarzen Augen und wundervollen Smaragden, die mit lautstarker Stimme schlechtes Französisch redete und über alles, was man ihr sagte, unmäßig lachte. Es war ohne Zweifel ein erstaunliches Sammelsurium von Leuten. Prächtige Pairsgattinnen plauderten leutselig mit hitzigen Radikalen, beliebte Prediger streiften die Rockschöße bedeutender Skeptiker, ein ganzes Rudel Bischöfe folgte einer beliebten Primadonna auf Schritt und Tritt von einem Zimmer ins andere, auf der Treppe standen, als Künstler verkleidet, mehrere Mitglieder der Royal Academy, und es hieß, zu einem gewissen Zeitpunkt habe das Speisezimmer geradezu gestrotzt von Genies. Es war in der Tat einer von Lady Windermeres besten Abenden, und die Fürstin blieb fast bis halb zwölf.

Sobald sie gegangen war, kehrte Lady Windermere in die Gemäldegalerie zurück, wo ein berühmter Nationalökonom einem entrüsteten ungarischen Virtuosen mit feierlichem Ernst die wissenschaftliche Theorie der Musik erläuterte, und begann sich mit der Herzogin von Paisley zu unterhalten. Sie sah wunderschön aus mit ihrem edlen Elfenbeinhals, ihren großen blauen Vergißmeinnichtaugen und dem Goldhaar, das in schweren Docken um ihren Kopf gewunden war. *Or pur* war es – nicht von der fahlen Strohfarbe, die sich heutzutage den liebenswürdigen Namen Gold anmaßt, sondern Gold, wie es in Sonnenstrahlen verwoben oder in seltenem Bernstein verborgen ist; und es gab ihrem Gesicht etwas von der lichten Umrahmung einer Heiligen und nicht wenig von dem Reiz einer Sünderin. Sie war ein nicht alltägliches Studienobjekt für einen Psychologen. Schon früh in ihrem Leben hatte sie die bedeutende Wahrheit entdeckt, daß nichts so nach Unschuld aussieht wie Unbesonnenheit, und durch eine Reihe leichtsinniger Eskapaden, die zur Hälfte völlig harmlos waren, hatte sie sich alle Sonderrechte einer Persönlichkeit erworben. Mehr als einmal hatte sie ihren Gatten gewechselt – tatsächlich schreibt ihr das Pairsverzeichnis drei Ehen zu –, doch da sie niemals ihren Liebhaber gewechselt hatte, war die Welt es seit langem müde geworden, über sie zu lästern. Sie war jetzt vierzig Jahre alt, kinderlos und von jener unbändigen Vergnügungssucht, die das Geheimnis ist, jung zu bleiben.

Plötzlich sah sie sich begierig im Raum um und fragte mit ihrer klaren, tiefen Altstimme: »Wo ist mein Chiromant?«

»Ihr was, Gladys?« rief die Herzogin in unwillkürlichem Erschrecken.

»Mein Chiromant, Herzogin; ich kann im Augenblick nicht ohne ihn leben.«

»Liebe Gladys! Sie sind immer so originell«, murmelte die Herzogin, während sie sich zu erinnern suchte, was ein Chiromant wohl sei, und hoffte, es sei nicht dasselbe wie ein Chiropodist.

»Regelmäßig zweimal in der Woche kommt er und sieht sich meine Hand an«, fuhr Lady Windermere fort, »und das macht er überaus interessant.«

›Gütiger Himmel!‹ dachte die Herzogin. ›Also ist er doch eine Art Chiropodist. Wie gräßlich! Hoffentlich ist er wenigstens ein Ausländer. Dann wäre es nicht ganz so arg.‹

»Ich muß Sie unbedingt mit ihm bekannt machen.«

»Mit ihm bekannt machen?« rief die Herzogin. »Sie wollen doch nicht etwa sagen, er sei hier?« Und sie hielt Ausschau nach einem kleinen Schildpattfächer und einem sehr zerschlissenen Spitzenschal, um in kürzester Frist zum Aufbruch bereit zu sein.

»Natürlich ist er hier; nicht im Traum würde ich daran denken, ohne ihn eine Gesellschaft zu geben. Er sagt, meine Hand sei ausgesprochen psychisch, und wenn mein Daumen ein ganz klein wenig kürzer wäre, so hätte ich eine eingefleischte Pessimistin abgegeben und mich in ein Kloster zurückgezogen.«

»Oh, ich verstehe!« sagte die Herzogin mit einem Gefühl großer Erleichterung. »Vermutlich ist er einer, der die Geschicke voraussagt?«

»Und die Mißgeschicke«, antwortete Lady Windermere, »jede Menge davon. Nächstes Jahr befinde ich mich zum Beispiel in großer Gefahr, sowohl zu Land wie zur See; deshalb werde ich in einem Ballon leben und jeden Abend mein Essen in einem Korb heraufziehen.

Das steht alles auf meinem kleinen Finger geschrieben oder in meiner Handfläche, ich habe vergessen, wo.«

»Aber das heißt zweifellos die Vorsehung versuchen, Gladys.«

»Meine liebe Herzogin, gewiß kann die Vorsehung bis dahin der Versuchung widerstehen. Ich glaube, jeder sollte sich einmal im Monat aus der Hand lesen lassen, damit er weiß, was er nicht tun darf. Natürlich tut man es dann doch, aber es ist so angenehm, gewarnt zu sein. Wenn jetzt nicht jemand sofort Mister Podgers holt, werde ich wohl selbst gehen müssen.«

»Lassen Sie mich gehen, Lady Windermere«, sagte ein hochgewachsener, hübscher junger Mann, der dabei-stand und mit amüsiertem Lächeln der Unterhaltung zu-hörte.

»Vielen Dank, Lord Arthur, aber ich fürchte, Sie würden ihn nicht erkennen.«

»Wenn er so wundervoll ist, wie Sie behaupten, Lady Windermere, könnte ich ihn schwerlich verfehlen. Sagen Sie mir, wie er aussieht, und ich bringe ihn sogleich zu Ihnen.«

»Nun, er sieht nicht im geringsten nach einem Chiro-manten aus. Ich meine, er sieht weder geheimnisvoll noch esoterisch, noch romantisch aus. Er ist ein kleiner, stämmiger Mann mit einem drolligen Kahlkopf und ei-ner großen goldgeränderten Brille, so etwa auf der Mitte zwischen einem Hausarzt und einem Landadvokaten. Es tut mir wirklich sehr leid, aber es ist nicht meine Schuld. Es ist so ärgerlich mit den Leuten. Alle meine Pianisten sehen genau wie Poeten aus, und alle meine Poeten sehen genau wie Pianisten aus, und ich denke nur noch daran, wie ich in der letzten Saison einen ganz schrecklichen Verschwörer zum Dinner eingeladen hatte, einen Mann, der wer weiß wie viele Leute in die Luft gesprengt hat und stets ein Panzerhemd trug und einen Dolch im Hemdärmel, und als er kam, stellen Sie sich vor, sah er haargenau wie ein netter alter Geistlicher aus und riß den ganzen Abend Witze. Natürlich war er sehr unterhaltsam und all das, aber ich war entsetzlich enttäuscht, und als ich ihn nach dem Panzerhemd fragte, lachte er nur und sagte, es sei viel zu kalt, es in England zu tragen. Ah, da ist ja Mister Podgers! Mister Podgers, ich möchte, daß Sie der Herzogin von Paisley aus der Hand lesen. Herzogin, Sie müssen Ihren Handschuh ausziehen. Nein, nicht den linken, den anderen.«

»Liebe Gladys, ich halte das wirklich nicht für ganz schicklich«, sagte die Herzogin, während sie kraftlos einen recht schmuddeligen Glacéhandschuh aufknöpfte.

»Schicklich ist etwas Interessantes niemals«, entgegnete Lady Windermere, »on a fait le monde ainsi. Aber ich muß Sie miteinander bekannt machen. Herzogin, das ist Mister Podgers, mein Hauschiromant. Mister Podgers, das ist die Herzogin von Paisley, und wenn Sie behaupten, sie habe einen größeren Mondberg als ich, werde ich Ihnen nie wieder Glauben schenken.«

»Ich bin sicher, Gladys, daß sich in meiner Hand nichts Derartiges befindet«, sagte die Herzogin würdevoll.

»Euer Gnaden haben völlig recht«, bemerkte Mr. Podgers und betrachtete die dicke kleine Hand mit den kurzen Quadratfingern, »der Mondberg ist nicht entwickelt. Aber die Lebenslinie ist hervorragend. Beugen

Sie gütigst das Handgelenk. Danke sehr. Drei deutliche Linien auf der *Rascette*! Sie werden ein hohes Alter erreiche, Herzogin, und überaus glücklich sein. Ehrgeiz – sehr bescheiden, Verstandeslinie – nicht übermäßig, Herzlinie ...«

»Seien Sie ungeniert, Mister Podgers«, rief Lady Windermere.

»Nichts würde mir größeres Vergnügen bereiten«, erwiderte Mr. Podgers mit einer Verbeugung, »wenn die Herzogin es je gewesen wäre, aber zu meinem Bedauern muß ich sagen, daß ich eine große Beständigkeit in der Liebe sehe, verbunden mit einem starken Pflichtgefühl.«

»Fahren Sie bitte fort, Mister Podgers«, sagte die Herzogin, die recht zufrieden aussah.

»Sparsamkeit ist nicht die geringste Tugend, Euer Gnaden«, fuhr Mr. Podgers fort, und Lady Windermere platzte mit ihrem Gelächter heraus. »Sparsamkeit ist eine sehr gute Sache«, bemerkte die Herzogin selbstgefällig. »Als ich Paisley heiratete, besaß er elf Schlösser und nicht ein einziges zum Wohnen geeignetes Haus.«

»Und jetzt besitzt er zwölf Häuser und kein einziges Schloß«, rief Lady Windermere.

»Nun, meine Teure«, sagte die Herzogin, »ich liebe ...«

»Bequemlichkeit«, ergänzte Mr. Podgers, »und die heutigen Errungenschaften und fließend Warmwasser in jedem Schlafzimmer. Euer Gnaden haben völlig recht. Bequemlichkeit ist das einzige, was uns unsere Zivilisation geben kann.«

»Sie haben den Charakter der Herzogin erstaunlich

treffend beschrieben, Mister Podgers, und jetzt müssen Sie Lady Floras schildern«, und auf einen Wink der lächelnden Gastgeberin trat ein hochgewachsenes Mädchen mit rotem Schottenhaar und kräftigen Schulterblättern linkisch hinter dem Sofa hervor und streckte eine lange, knochige Hand mit spatelförmigen Fingern aus.

»Ah, eine Pianistin! Ich verstehe«, sagte Mr. Podgers, »eine hervorragende Pianistin, aber vielleicht nicht gerade eine Musikerin. Sehr zurückhaltend, sehr ehrbar und mit einer großen Liebe zu Tieren.«

»Stimmt!« rief die Herzogin, zu Lady Windermere gewandt.

»Stimmt genau! Flora hält sich in Macloskie zwei Dutzend Schäferhunde und würde unser Stadthaus in eine Menagerie verwandeln, wenn ihr Vater es zuließe.«

»Nun, das ist genau das, was ich mit meinem Haus jeden Donnerstagabend mache«, lachte Lady Windermere, »nur gefallen mir Löwen besser als Schäferhunde.«

»Ihr einziger Fehler, Lady Windermere«, sagte Mr. Podgers mit einer großartigen Verneigung.

»Wenn eine Frau ihre Fehler nicht reizvoll machen kann, ist sie nur ein Weibchen«, war die Antwort. »Aber Sie müssen noch mehr Hände für uns lesen. Kommen Sie, Sir Thomas, zeigen Sie Mister Podgers die ihren«; und ein lustiger alter Herr mit weißer Weste kam heran und hielt eine grobe, knorrige Hand mit sehr langem Mittelfinger hin.

»Eine Abenteurernatur, vier lange Seereisen in der Vergangenheit und eine bevorstehende. Dreimal schiffbrüchig geworden. Nein, nur zweimal, aber auf der nächsten Reise in Gefahr, Schiffbruch zu erleiden. Streng konservativ, sehr pünktlich und mit einer Leidenschaft für das Sammeln von Raritäten. Im Alter zwischen sechzehn und achtzehn eine schwere Krankheit durchgemacht. Mit etwa dreißig ein Vermögen geerbt. Große Abneigung gegen Katzen und Radikale.«

»Vorzüglich!« rief Sir Thomas aus. »Sie müssen wahrhaftig auch meiner Frau aus der Hand lesen.«

»Ihrer zweiten Gattin«, bemerkte Mr. Podgers ruhig, während er immer noch Sir Thomas' Hand in der seinen hielt. »Ihrer zweiten Gattin. Ich wäre entzückt«; aber Lady Marvel, eine schwermütig aussehende Frau mit braunem Haar und gefühlvollen Wimpern, lehnte es entschieden ab, ihre Vergangenheit oder ihre Zukunft enthüllen zu lassen, und wie sehr sich Lady Windermere auch bemühen mochte, nichts bewog den russischen Botschafter, Monsieur de Kolow, auch nur die Handschuhe auszuziehen. Tatsächlich schien es, als fürchteten sich viele Leute, dem unheimlichen kleinen Mann mit seinem stereotypen Lächeln, der goldenen Brille und den hellen Knopfaugen gegenüberzutreten, und als er der armen Lady Fermor vor allen rundheraus erklärte, aus Musik mache sie sich nicht das mindeste, sei jedoch Musikern überaus zugetan, hatten alle das Gefühl, daß Chiromantie eine höchst gefährliche Wissenschaft sei, die nicht gefördert werden sollte, ausgenommen bei einem *Tête-à-tête*.

Lord Savile jedoch, der nichts von Lady Fermors unseliger Geschichte wußte und Mr. Podgers mit großem Interesse beobachtet hatte, wurde von ungeheurer Neugier gepackt, sich selbst aus der Hand lesen zu lassen, und da ihn eine gewisse Schüchternheit hinderte, sich vorzudrängen, ging er durch den Raum zu Lady Windermeres Platz und fragte sie mit bezauberndem Erröten, ob Mr. Podgers ihrer Meinung nach wohl etwas dagegen haben würde.

»Natürlich wird er nichts dagegen haben«, sagte Lady Windermere, »dazu ist er ja hier. Alle meine Löwen, Lord Arthur, sind Löwen, die sich produzieren und durch Reifen springen, wenn ich es von ihnen verlange. Aber zuvor muß ich Sie warnen, daß ich Sybil alles wiedererzählen werde. Sie ist morgen zum Lunch bei mir, um mit mir über Hüte zu plaudern, und wenn Mister Podgers herausfindet, daß Sie einen schlechten Charakter oder eine Neigung zur Gicht oder eine Freundin haben, die in Bayswater wohnt, werde ich sie alles darüber wissen lassen.«

Lord Arthur lächelte und schüttelte den Kopf. »Ich habe keine Bange«, antwortete er. »Sybil kennt mich so gut, wie ich sie kenne.«

»Ach! Ein wenig tut es mir leid, Sie so sprechen zu hören. Die rechte Grundlage für eine Ehe ist gegenseitiges Mißverstehen. Nein, ich bin durchaus nicht zynisch, ich habe nur meine Erfahrungen, was allerdings ungefähr auf dasselbe herauskommt. Mister Podgers, Lord Arthur Savile stirbt vor Verlangen, sich aus der Hand lesen zu lassen. Erzählen sie ihm nicht, daß er mit einem der schönsten Mädchen von London verlobt ist, denn das stand vor einem Monat in der ›Morning Post‹.«

»Liebe Lady Windermere«, rief die Marquise von Jedburgh, »lassen Sie Mister Podgers noch ein wenig bei mir bleiben! Er hat mir soeben gesagt, ich ginge zur Bühne, und das interessiert mich so.«

»Wenn er Ihnen das gesagt hat, Lady Jedburgh, werde ich ihn ganz gewiß wegholen. Kommen Sie sofort her, Mister Podgers, und lesen Sie Lord Arthur aus der Hand.«

»Na schön«, sagte Lady Jedburgh und zog einen Schmollmund, als sie vom Sofa aufstand, »wenn es mir nicht gestattet wird, zur Bühne zu gehen, darf ich doch wohl wenigstens zum Publikum gehören.«

»Natürlich, wir werden alle Publikum sein«, entgegnete Lady Windermere, »und jetzt, Mister Podgers, denken Sie daran, uns etwas Hübsches zu erzählen. Lord Arthur gehört zu meinen besonderen Lieblingen.«

Doch als Mr. Podgers in Lord Arthurs Hand schaute, wurde er seltsam bleich und sagte gar nichts. Ein Schauder schien ihn zu durchrieseln, und seine großen buschigen Brauen zuckten krampfhaft auf eine sonderbar aufreizende Weise, die bei ihm Bestürzung ausdrückte. Dann brachen wie giftiger Tau ein paar große Schweißtropfen aus seiner gelben Stirn, und seine dicken Finger wurden kalt und klamm.

Lord Arthur entgingen diese merkwürdigen Anzeichen von Erregung nicht, und zum erstenmal in seinem Leben empfand er selbst Furcht. Es trieb ihn, aus dem Raum zu stürzen, aber er hielt sich zurück. Es war besser, das Schlimmste, einerlei was, zu erfahren, als in dieser grauenhaften Ungewißheit zu bleiben.

»Ich warte, Mister Podgers«, sagte er.

»Wir alle warten«, rief Lady Windermere in ihrer lebhaften, ungeduldigen Art, aber der Chiromant gab keine

Antwort. – »Ich glaube, Arthur geht zur Bühne«, bemerkte Lady Jedburgh, »und nachdem Sie vorhin gescholten haben, hat Mister Podgers Angst, es ihm zu sagen.«

Plötzlich ließ Mr. Podgers Lord Arthurs Rechte fallen und ergriff seine Linke, über die er sich, um sie zu prüfen, so tief hinabbeugte, daß die goldenen Ränder seiner Brille fast die Innenfläche zu berühren schienen. Für einen Augenblick wurde sein Gesicht eine weiße Maske des Grauens, doch bald gewann er seine Kaltblütigkeit zurück und sagte, zu Lady Windermere aufschauend, mit gezwungenem Lächeln: »Es ist die Hand eines reizenden jungen Mannes.«

»Natürlich!« erwiderte Lady Windermere. »Aber wird er auch ein reizender Gatte sein? Das ist es, was ich wissen möchte.«

»Alle reizenden jungen Männer werden es«, sagte Mr. Podgers.

»Ich glaube, ein Ehemann sollte nicht allzu bezaubernd sein«, murmelte Lady Jedburgh nachdenklich, »es ist so gefährlich.«

»Mein liebes Kind, allzu bezaubernd sind sie nie«, rief Lady Windermere. »Aber ich möchte Details. Details sind das einzig Interessante. Was wird Lord Arthur widerfahren?«

»Nun ja, innerhalb der nächsten Monate wird Lord Arthur eine Seereise antreten . . .«

»O ja, natürlich seine Hochzeitsreise!«

». . . und einen Verwandten verlieren.«

»Hoffentlich nicht seine Schwester?« fragte Lady Jedburgh mit trauriger Stimme.

»Bestimmt nicht seine Schwester«, antwortete Mr. Podgers mit einer wegwerfenden Handbewegung, »nur einen entfernten Verwandten.«

»Ich bin schrecklich enttäuscht«, bemerkte Lady Windermere. »Da habe ich Sybil morgen absolut nichts zu erzählen. Niemand schert sich heutzutage um entfernte Verwandte. Sie sind schon vor Jahren aus der Mode gekommen. Immerhin meine ich, sie sollte ein Schwarzseidenes im Schrank haben, für die Kirche ist so etwas immer passend. Und jetzt wollen wir zum Abendessen gehen. Sicherlich haben sie alles aufgegessen, aber vielleicht finden wir etwas heiße Suppe. François kochte früher vorzügliche Suppen, aber im Augenblick regt er sich so über die Politik auf, daß ich seiner nicht mehr ganz sicher bin. Ich wünschte wahrhaftig, General Boulanger wollte sich ruhig verhalten. Herzogin, Sie sind gewiß müde?«

»Überhaupt nicht, liebe Gladys«, entgegnete die Herzogin, während sie zur Tür watschelte. »Ich habe mich ganz famos unterhalten, und der Chiropodist, ich meine der Chiromant, ist höchst interessant. Flora, wo kann nur mein Schildpattfächer sein? Oh, vielen Dank, Sir Thomas. Und mein Spitzenschal, Flora? Oh, danke, Sir Thomas, sehr freundlich von Ihnen«, und am Ende brachte es die würdige Dame zuwege, die Treppe hinunterzugehen, ohne ihr Riechfläschchen mehr als zweimal fallen zu lassen.

Die ganze Zeit war Lord Arthur Savile am Kamin stehen geblieben, mit dem gleichen bedrückenden Gefühl der Furcht, der ekelhaften Empfindung kommenden Unheils. Traurig lächelte er seiner Schwester zu, als sie an Lord Plymdales Arm an ihm vorüberstreifte, liebreizend anzusehen in ihrem rosa Brokat und den Perlen, und kaum vernahm er Lady Windermere, als sie ihn aufforderte, ihr zu folgen. Er dachte an Sybil Merton, und der Gedanke, daß etwas zwischen sie treten könnte, trübte seine Augen mit Tränen. – Wer ihn sah, hätte meinen können, Nemesis habe Pallas' Schild gestohlen und ihm das Gorgonenhaupt gezeigt. Er schien zu Stein verwandelt, und sein Gesicht war in seiner Schwermut wie Marmor. Er hatte das wählerische und verschwenderische Leben eines jungen Mannes von Geburt und Vermögen geführt, ein in seiner Freiheit von niedriger Sorge, in seiner schönen, knabenhaften Unbekümmertheit köstliches Leben, und nun wurde ihm zum erstenmal das schreckliche Geheimnis des Schicksals, die furchtbare Bedeutung des Verhängnisses bewußt.

Wie wahnsinnig und ungeheuerlich schien das alles! Konnte es angehen, daß in Schriftzeichen, die er nicht zu lesen, aber ein anderer zu entziffern vermochte, ein entsetzliches Geheimnis der Sünde, ein blutrotes Mal des Frevels in seine Hand geschrieben war? War da kein Entrinnen möglich? Waren wir nichts Besseres als Schachfiguren, von einer unsichtbaren Macht bewegt, Gefäße, die der Töpfer nach seiner Laune zur Ehre oder zur Schande formt? Seine Vernunft lehnte sich dagegen auf, und dennoch hatte er das Gefühl, als hinge eine Tragödie über ihm und als sei er plötzlich berufen worden, eine unerträgliche Bürde zu tragen. Schauspieler sind so glücklich dran. Sie können sich aussuchen, ob sie in einer Tragödie oder in einer Komödie auftreten wollen, ob sie leiden oder vergnügt sein, lachen oder Tränen vergießen wollen. Aber im wirklichen Leben ist das anders. Die meisten Männer und Frauen sind gezwungen, Rollen zu spielen, für die sie nicht geeignet sind. Unsere Güldensterns spielen für uns den Hamlet, und unsere Hamlets müssen herumspaßen wie Prinz Heinz. Die Welt ist eine Bühne, aber das Stück ist schlecht besetzt.

Plötzlich trat Mr. Podgers in den Raum. Er erschrak, als er Lord Arthur erblickte, und sein derbes, dickes Gesicht verfärbte sich grünlichgelb. Die Augen der beiden Männer trafen sich, und eine Sekunde herrschte Schweigen.

»Die Herzogin hat einen ihrer Handschuhe hier liegenlassen, Lord Arthur, und mich gebeten, ihn zu holen«, sagte Mr. Podgers schließlich. »Ah, ich sehe ihn auf dem Sofa! Guten Abend.«

»Mister Podgers, ich muß darauf bestehen, daß Sie mir eine ehrliche Antwort auf eine Frage geben, die ich Ihnen stellen werde.«

»Ein andermal, Lord Arthur, die Herzogin ist besorgt. Ich fürchte, ich muß gehen.«

»Sie werden nicht gehen. Die Herzogin hat keine Eile.«

»Man sollte Damen nicht warten lassen, Lord Arthur«, entgegnete Mr. Podgers mit seinem ekelhaften Lächeln. »Das schöne Geschlecht kann leicht ungeduldig werden.«

Lord Arthurs feingeschnittene Lippen warfen sich in ärgerlicher Verachtung auf. Die arme Herzogin schien ihm in diesem Augenblick von sehr geringer Bedeutung. Er ging durch den Raum zu Mr. Podgers und hielt ihm die Hand hin.

»Erzählen Sie mir, was Sie darin gesehen haben«, befahl er. »Sagen Sie mir die Wahrheit. Ich muß sie wissen. Ich bin kein Kind.«

Mr. Podgers' Augen blinzelten hinter den goldgeränderten Brillengläsern, und unbehaglich trat er von einem Fuß auf den anderen, während seine Finger nervös mit einer auffälligen Uhrkette spielten. »Wie kommen Sie auf den Gedanken, daß ich mehr in Ihrer Hand gesehen habe, als ich Ihnen sagte, Lord Arthur?«

»Ich weiß es, und ich bestehe darauf, daß Sie mir erzählen, was es war. Ich werde Sie bezahlen. Ich werde Ihnen einen Scheck über hundert Pfund geben.«

Die grünen Augen blitzten sekundenlang auf und wurden dann wieder trübe.

»Guineen?« fragte Mr. Podgers schließlich mit leiser Stimme.

»Gewiß. Ich werde Ihnen morgen den Scheck zusenden. In welchem Klub sind Sie Mitglied?«

»In keinem. Das heißt, im Augenblick nicht. Meine Adresse ist – aber gestatten Sie mir, daß ich Ihnen meine Karte gebe«; und nachdem Mr. Podgers aus der Westentasche eine Visitenkarte mit Goldschnitt gezogen hatte, überreichte er sie mit einer tiefen Verneigung Lord Arthur, der darauf las:

Mr. Septimus R. Podgers
Berufschiromant
1030 West Moon Street

»Meine Sprechstunden sind von zehn bis vier«, murmelte Mr. Podgers geschäftsmäßig, »für Familien herabgesetzte Preise.«

»Beeilen Sie sich«, rief Lord Arthur, der sehr blaß aussah und die Hand ausgestreckt hielt.

Mr. Podgers blickte nervös um sich und zog die schwere Portiere vor die Tür.

»Es wird eine Weile dauern, Lord Arthur, Sie sollten sich lieber setzen.«

»Beeilen Sie sich, Sir«, rief Lord Arthur abermals und stampfte ärgerlich mit dem Fuß auf den polierten Boden.

Mr. Podgers lächelte, zog aus der Brusttasche ein kleines Vergrößerungsglas und putzte es sorgfältig mit seinem Taschentuch. »Ich bin bereit«, sagte er.

2

Zehn Minuten später stürzte Lord Arthur Savile mit vor Entsetzen bleichem Gesicht und vor Kummer verstörten Augen aus Bentinck House, bahnte sich ungestüm seinen Weg durch die Menge der Lakaien, die in ihren Pelzröcken vor der großen gestreiften Markise standen, und schien weder etwas zu sehen noch zu hören. Es war eine bitterkalte Nacht, und die Gaslaternen um den Platz flimmerten und flackerten in dem scharfen Wind; aber seine Hände waren fieberheiß, und seine Stirn brannte wie Feuer. Weiter und weiter ging er, fast in der Haltung eines Betrunkenen. Ein Polizist sah ihn neugierig an, als er vorbeikam, und ein Bettler, der aus einem Torweg schlurfte und um ein Almosen bitten wollte, erschrak angesichts einer Not, die größer war als die seine. Einmal blieb Lord Arthur unter einer Laterne stehen und blickte auf seine Hände. Er vermeinte bereits den Blutfleck auf ihnen zu entdecken, und ein schwacher Schrei brach von seinen bebenden Lippen.

Mord! Das war es, was der Chiromant dort gesehen hatte. Mord! Selbst die Nacht schien es zu wissen und der trostlose Wind ihm ins Ohr zu heulen. Die finsteren Straßenecken waren voll davon. Es grinste ihn von den Dächern der Häuser an.

Zuerst gelangte er zum Park, dessen düstre Waldungen ihn zu verzaubern schienen. Müde lehnte er sich an das Gitter, kühlte seine Stirn an dem feuchten Metall und lauschte dem sirrenden Schweigen der Bäume. »Mord! Mord!« wiederholte er ein über das andere Mal, als könne die Wiederholung das Grauen des Wortes umwölken. Der Klang seiner eigenen Stimme ließ ihn schaudern; dennoch hoffte er, das Echo möge ihn hören und die schlummernde Stadt aus ihren Träumen wecken. Er fühlte ein wahnwitziges Verlangen, den zufällig Vorübergehenden anzuhalten und ihm alles zu erzählen.

Dann wanderte er über die Oxford Street in enge, schimpfliche Gassen. Zwei Weiber mit geschminkten Gesichtern spotteten über ihn, als er vorbeiging. Aus einem dunklen Hof kam das Geräusch von Flüchen und Schlägen, gefolgt von schrillen Aufschreien, und auf einer feuchten Türschwelle hingekauert sah er die gekrümmten Gestalten der Armut und des Alters. Ein sonderbares Mitleid erfaßte ihn. War diesen Kindern der Sünde und Not ihr Ende vorbestimmt, so wie ihm das seine? Waren sie wie er nur Marionetten in einem ungeheuerlichen Spiel?

Und dennoch war es nicht das Mysterium, sondern

die Komödie des Leidens, die ihn mit Staunen erfüllte, seine absolute Nutzlosigkeit, sein grotesker Mangel an Bedeutung. Wie zusammenhanglos schien das alles! Wie bar jeden Einklangs! Er war bestürzt über den Zwiespalt zwischen dem seichten Optimismus seiner Zeit und den wirklichen Tatbeständen des Daseins. Er war noch sehr jung.

Eine Weile später sah er sich vor der Marylebone-Kirche. Der stille Fahrdamm glich einem langen Band aus blankem Silber, hier und da gefleckt von den dunklen Arabesken wogender Schatten. Weit in der Ferne krümmte sich die Linie flackernder Gaslaternen, und vor einem kleinen, von einer Mauer umgebenen Haus stand ein einsamer Hansom mit dem darin schlafenden Kutscher. Hastig schlug er die Richtung zum Portland Place ein, wobei er sich ab und zu umschaute, als fürchte er, verfolgt zu werden. An der Ecke der Rich Street standen zwei Männer, die einen kleinen Anschlagzettel an einem Bauzaun lasen. Ein wunderliches Gefühl der Neugier regt sich in ihm, und er ging hinüber. Als er näher kam, sprang ihm das in schwarzen Buchstaben gedruckte Wort in die Augen: ›Mord‹. Er erschrak, und eine tiefe Röte flutete in seine Wangen. Es war eine öffentliche Bekanntmachung, und sie bot eine Belohnung für jede Information, die dazu führen konnte, einen dreißig- bis vierzigjährigen mittelgroßen Mann festzunehmen, mit einer Narbe auf der rechten Wange und bekleidet mit einem flachen runden Filzhut, schwarzem Rock und karierter Hose. Wieder und wieder las er sie und fragte sich, ob man den Unglücklichen fassen werde und wie er zu der Narbe gekommen sei. Vielleicht würde eines Ta-

ges sein eigener Name an den Mauern von London ange-
schlagen stehen. Eines Tages würde vielleicht auch auf
seinen Kopf ein Preis ausgesetzt sein.

Bei dem Gedanken wurde ihm übel vor Entsetzen. Er
machte auf dem Absatz kehrt und eilte weiter in die
Nacht.

Wohin er ging, wußte er kaum. Er erinnerte sich dunkel, durch ein Labyrinth schmutziger Häuser gewandert
zu sein und sich in einem riesigen Spinnennetz düsterer
Straßen verirrt zu haben, und es war heller Morgen, als
er sich schließlich am Piccadilly Circus fand. Während er
langsam zum Belgrave Square heimging, begegnete er
großen Lastwagen auf ihrem Weg zum Covent Garden.
Die Fuhrleute in ihren weißen Kitteln, mit ihren heiteren, sonnverbrannten Gesichtern und ihrem spröden
Kraushaar gingen mit langen, festen Schritten nebenher,
ließen ihre Peitschen knallen und riefen einander hin und
wieder etwas zu; auf dem Rücken eines mächtigen Grau-
schimmels, dem Leitpferd eines mißtönend klappernden
Gespanns, saß ein pausbäckiger Junge mit einem Strauß
Primeln an dem abgenutzten Hut, der sich mit seinen
kleinen Händen fest in die Mähne krallte und lachte; und
die großen Gemüseberge sahen gegen den Morgenhim-
mel wie Klumpen Jade aus, wie Klumpen grüner Jade
gegen die blaßroten Blütenblätter einer wundervollen
Rose. Lord Arthur fühlte sich seltsam bewegt, er konnte
nicht sagen, warum. Etwas lag in dem köstlichen Lieb-
reiz der Morgenfrühe, das ihn unsagbar ergreifend an-
mutete, und er dachte an all die Tage, die in Schönheit
anbrachen und in Unwetter zur Neige gingen. Diese
Landleute mit ihren derben, gutmütigen Stimmen und

ihrem ungezwungenen Wesen, welch ein sonderbares London sahen sie! Ein London, frei von der Sünde der Nacht und dem Qualm des Tages, eine bleiche, geisterhafte Stadt, eine öde Gräberstadt! Er fragte sich, was sie wohl von ihr hielten und ob sie etwas wüßten von ihrem Glanz und ihrer Schande, von ihren wilden, glutroten Freuden und ihrem gräßlichen Hunger, von all dem, was sie vom Morgen bis zum Abend schafft und zerstört. Für sie war die Stadt wahrscheinlich nur ein Markt, wohin sie ihre Früchte zum Verkauf brachten und wo sie höchstens ein paar Stunden verweilten und dann die immer noch stillen Straßen, die immer noch schlafenden Häuser wieder verließen. Es machte ihm Freude, sie im Vorbeigehen zu beobachten. So derb sie auch waren, mit ihren schweren Nagelschuhen und ihrem plumpen Gang, brachten sie dennoch ein Stückchen Arkadien mit. Er spürte, daß sie mit der Natur gelebt und daß die Natur sie Frieden gelehrt hatte. Er beneidete sie um all das, was sie nicht wußten.

Als er am Belgrave Square anlangte, war der Himmel unterdessen blaßblau geworden, und in den Gärten begannen die Vögel zu zwitschern.

3

Als Lord Arthur erwachte, war es zwölf Uhr, und die Mittagssonne flutete durch die elfenbeinfarbenen Seidenvorhänge seines Zimmers. Er stand auf und blickte aus dem Fenster. Ein diesiger Hitzedunst hing über der großen Stadt, und die Hausdächer glichen stumpfem

Silber. In dem flirrenden Grün des Platzes drunten huschten wie weiße Schmetterlinge ein paar Kinder umher, und der Bürgersteig war voller Menschen auf ihrem Weg zum Park. Nie war ihm das Leben liebenswerter erschienen, nie das Böse in weiterer Ferne.

Dann brachte ihm sein Diener auf einem Tablett eine Tasse Schokolade. Nachdem er sie getrunken hatte, zog er eine schwere Portiere aus pfirsichfarbenem Plüsch beiseite und ging ins Bad. Durch dünne Platten von durchsichtigem Onyx stahl sich von oben sanft das Licht, und das Wasser in dem Marmorbecken schimmerte wie ein Mondstein. Rasch glitt er hinein, bis die kühlen Kräuselwellen Hals und Haar berührten, und tauchte sodann den Kopf vollends unter, als wolle er den Schandfleck einer schmachvollen Erinnerung tilgen. Als er aus dem Bad kam, fühlte er sich fast ruhig. Der im Augenblick hervorragende physische Zustand hatte Gewalt über ihn erlangt, wie es in der Tat bei sehr fein beschaffenen Naturen häufig der Fall ist, denn die Sinne können wie das Feuer sowohl läutern als zerstören.

Nach dem Frühstück warf er sich auf ein Ruhelager und zündete sich eine Zigarette an. Auf dem Kaminsims stand in einem Rahmen aus herrlichem altem Brokat eine große Photographie von Sybil Merton, wie er sie auf Lady Noels Ball zum erstenmal gesehen hatte. Der kleine, erlesen geformte Kopf neigte sich ein wenig zur Seite, als könne der schlanke, einem Schilfrohr gleiche Hals die Last einer solchen Fülle an Schönheit kaum tragen; die Lippen waren leicht geöffnet und schienen für lieblichen Wohlklang geschaffen, und aus den verträumten Augen blickte voller Staunen die ganze zarte Reinheit der Mädchenjahre. Mit ihrem weichen, schmiegsamen Kleid aus Crêpe de Chine und dem großen blattförmigen Fächer glich sie einem jener zierlichen Figürchen, die man in den Olivengehölzen bei Tanagra findet, und in ihrer Haltung und ihrem Gebaren lag etwas von griechischer Anmut. Dennoch war sie nicht klein. Sie war einfach von vollendetem Ebenmaß – eine Seltenheit zu einer Zeit, da so viele Frauen entweder überlebensgroß oder winzig sind.

Während Lord Arthur sie jetzt betrachtete, erfüllte ihn das gewaltige Mitleid, das aus Liebe geboren ist. Er hatte das Gefühl, als käme es dem Verrat Judas' gleich, wenn er sie heiratete, solange das Verhängnis des Mordes über seinem Haupt schwebte, einer Sünde, die schlimmer war als jede, die irgendein Borgia sich hatte einfallen lassen. Welch ein Glück konnte es für sie beide geben, wenn jeden Augenblick von ihm gefordert werden konnte, die gräßliche Prophezeiung zu erfüllen, die ihm in die Hand geschrieben war? Welch ein Leben würden sie führen, solange das Schicksal dieses furchtbare Los auf der Waage behielt? Die Hochzeit mußte um jeden Preis verschoben werden. Dazu war er fest entschlossen. So inbrünstig er das Mädchen auch liebte und obgleich die bloße Berührung ihrer Finger, wenn sie beisammen saßen, jede Fiber seines Körpers mit köstlichem Entzükken durchrieselte, erkannte er dennoch klar, wo seine Pflicht lag, und war sich völlig dessen bewußt, daß er kein Recht hatte, sie zu heiraten, ehe er nicht den Mord begangen hatte. War dies getan, dann konnte er ohne Grausen vor einer Missetat mit Sybil Merton vor dem Altar stehen und sein Leben in ihre Hände legen. War dies getan, dann konnte er sie in die Arme nehmen in dem Bewußtsein, daß sie um seinetweillen nie werde erröten, nie den Kopf in Scham werde senken müssen. Aber zuerst mußte es getan werden, und je eher, um so besser für beide.

Viele Männer in seiner Lage hätten den blumigen Pfad des Liebesspiels den steilen Höhen der Pflicht vorgezogen, doch Lord Arthur war zu gewissenhaft, das Vergnügen über das Prinzip zu stellen. In seiner Liebe lag mehr als bloße Leidenschaft, und Sybil war für ihn ein Sinnbild all dessen, was gut und edel ist. Sekundenlang empfand er einen natürlichen Widerwillen gegen das, was von ihm gefordert wurde, aber das ging rasch vorbei. Sein Herz sagte ihm, daß es keine Sünde, sondern ein Opfer sei; sein Verstand erinnerte ihn daran, daß ihm kein anderer Weg offenblieb. Er hatte zu wählen, ob er für sich oder für andere leben wollte, und so schrecklich das ihm auferlegte Gebot zweifellos auch war, so wußte er doch, daß er die Selbstsucht nicht über die Liebe triumphieren lassen durfte. Früher oder später wird von uns allen gefordert, uns in derselben Frage zu entscheiden – uns allen wird dieselbe Frage gestellt. In Lord Arthurs Leben trat sie frühzeitig – ehe seine Natur durch den berechnenden Zynismus der mittleren Jahre verdorben oder sein Herz von der üblichen seichten Selbstüberhebung unserer Zeit angefressen war, und er fühlte keine Unschlüssigkeit, seine Pflicht zu tun. Zu seinem Glück war er auch kein bloßer Träumer oder nichtiger Dilettant. Wäre er es gewesen, so hätte er wie Hamlet gezaudert und seine Absicht durch die Unentschlossenheit zunichte machen lassen. Doch er war von Grund auf ein Mann der Tat. Für ihn war das Leben mehr Handeln als Denken. Er besaß das Seltenste auf Erden: gesunden Menschenverstand.

Die wirren, stürmischen Empfindungen der voraufgegangenen Nacht hatten sich unterdessen völlig gelegt, und fast mit einem Gefühl der Scham blickte er zurück auf sein unsinniges Umherirren von Straße zu Straße, auf die wilde Qual seines Gemüts. Gerade die Wahrhaftigkeit seiner Leiden machte sie jetzt so unwirklich. Er fragte sich, wie er so töricht hatte sein können, gegen das Unvermeidliche zu wüten und zu schreien. Die einzige Frage, die ihn zu quälen schien, war nur, wen er beseitigen sollte, denn er war nicht blind gegen die Tatsache, daß Mord, wie die Religionsbräuche der Heidenwelt, nicht nur den Priester, sondern auch das Opfer verlangt. Da er kein Genie war, hatte er keine Feinde, und freilich fühlte er auch, daß dies nicht die Zeit war, persönlichem Groll oder Widerwillen Genüge zu tun, da seiner Mission ein hoher, feierlicher Ernst innewohnte. Folglich legte er sich auf einem Bogen Briefpapier eine Liste seiner Freunde und Verwandten an und entschied sich nach sorgfältiger Überlegung für Lady Clementina Beauchamp, eine liebe alte Dame und entfernte Verwandte mütterlicherseits, die in der Curzon Street wohnte. Er hatte Lady Clem, wie sie von allen genannt wurde, stets sehr gern gemocht, und da er selbst sehr wohlhabend war, weil er mit seiner Volljährigkeit in den Besitz von Lord Rugbys gesamtem Vermögen gekommen war, schied die Möglichkeit aus, sich durch ihren Tod schnöden finanziellen Vorteil verschaffen zu wollen. Wirklich, je mehr er über die Sache nachdachte, um so geeigneter erschien sie ihm, und da er jede Verzögerung als unredlich gegen Sybil empfand, beschloß er, sogleich seine Vorbereitungen zu treffen.

Als erstes mußte er natürlich den Chiromanten bezahlen; also setzte er sich an den kleinen Sheraton-Schreibtisch, der am Fenster stand, schrieb einen Scheck über einhundertfünf Pfund aus, zahlbar an Mr. Septimus Podgers, steckte ihn in einen Umschlag und befahl seinem Diener, ihn in die West Moon Street zu bringen. Dann telefonierte er nach seinem Hansom und kleidete sich zum Ausgehen an. Als er das Zimmer verließ, blickte er zurück auf Sybil Mertons Photographie und schwor sich, daß sie, was auch geschehen mochte, nie von ihm erfahren solle, was er um ihretwillen zu tun gedachte, sondern daß er das Geheimnis seiner Selbstaufopferung für immer in seinem Herzen bewahren werde.

Auf seinem Weg zum Buckingham-Club hielt er vor einem Blumenladen und schickte Sybil einen schönen Korb Narzissen, mit zartweißen Blütenblättern und großen Fasanenaugen, und als er im Club angelangt war, ging er schnurstracks in die Bibliothek, läutete und befahl dem Diener, ihm eine Zitronenlimonade und ein Buch über Giftkunde zu bringen. Er hatte sich fest dafür entschieden, daß es bei diesem verdrießlichen Unternehmen am besten sei, Gift anzuwenden. Alles, was persönlicher Gewalttätigkeit gleichkam, war ihm überaus widerwärtig, und außerdem war er sehr darum besorgt, Lady Clementina nicht auf eine Weise zu ermorden, die öffentliche Aufmerksamkeit erregen konnte, da ihm der Gedanke, in Lady Windermeres Salon den Löwen des

Tages zu spielen oder seinen Namen durch die Spalten der üblichen Gesellschaftsblättchen geistern zu sehen, im höchsten Maße abscheulich war. Auch mußte er an Sybils Vater und Mutter denken, die etwas altmodische Leute waren und sich möglicherweise der Heirat widersetzen würden, wenn es zu etwas wie einem Skandal kam, obgleich er überzeugt war, daß sie die ersten wären, seine Beweggründe zu würdigen, wenn er ihnen alle Umstände des Falles mitteilte. Er hatte folglich allen Grund, sich für Gift zu entscheiden. Es war zuverlässig, sicher und geräuschlos und beseitigte jede Unumgänglichkeit peinlicher Szenen, gegen die er, wie die meisten Engländer, eine eingewurzelte Abneigung hegte.

Allerdings hatte er von der Giftkunde absolut keine Ahnung, und da der Diener völlig außerstande schien, in der Bibliothek etwas anderes zu finden als Ruffs Reiseführer und Baileys Magazin, durchsuchte er selbst die Bücherregale und stieß endlich auf eine hübsch gebundene Ausgabe der ›Pharmacopoeia‹ und ein Exemplar von Erskines ›Toxikologie‹, herausgegeben von Sir Mathew Reid, dem Dekan der Königlichen Medizinischen Fakultät und einem der ältesten Mitglieder des Buckingham-Clubs, in den er irrtümlicherweise anstelle eines anderen gewählt worden war, ein ärgerlicher Zwischenfall, der den Ausschuß dermaßen aufbrachte, daß er den richtigen Mann, als dieser erschien, einstimmig durchfallen ließ. Lord Arthur bereiteten die in beiden Büchern gebrachten Fachausdrücke viel Kopfzerbrechen, und er bedauerte schon, daß er in Oxford seinen Klassikern nicht größere Aufmerksamkeit geschenkt hatte, als er in Erskines zweitem Band einen hochinteressanten und vollständigen Bericht über die Eigenschaften des Akonitins entdeckte, der in einer einigermaßen verständlichen Sprache abgefaßt war. Es schien ihm haargenau das Gift zu sein, das er brauchte. Es wirkte schnell – tatsächlich fast augenblicklich –, war völlig schmerzlos und keineswegs von unangenehmem Geschmack, wenn es, wie Sir Mathew empfahl, in Form von Gelatinekapseln genommen wurde. Also machte er sich auf der Manschette eine Notiz über die für eine tödliche Dosis erforderliche Menge, stellte die Bücher wieder an ihren Platz und schlenderte die St. James Street hinauf zu der berühmten Apotheke von Pestle und Humbey. Mr. Pestle, der die Aristokratie stets persönlich bediente, wunderte sich nicht wenig über die Bestellung und murmelte durchaus ehrerbietig etwas von einem ärztlichen Attest, das dafür notwendig sei. Als ihm jedoch Lord Arthur auseinandersetzte, es sei für eine große norwegische Bulldogge bestimmt, die er vernichten müsse, da sie Anzeichen beginnender Tollwut erkennen lasse und den Kutscher bereits zweimal in die Wade gebissen habe, erklärte er sich für völlig zufriedengestellt, beglückwünschte Lord Arthur zu seinen erstaunlichen Kenntnissen in der Toxikologie und ließ das Gewünschte sogleich anfertigen.

Lord Arthur legte die Kapsel in eine hübsche kleine Dose aus Silber, die er in einem Schaufenster in der Bond Street sah, warf die häßliche Pillenschachtel von Pestle und Humbey fort und fuhr umgehend zu Lady Clementina.

»Nun, *Monsieur le mauvais sujet*«, rief die alte Dame, als er eintrat, »warum haben Sie mich die ganze Zeit nicht besucht?«

»Meine liebe Lady Clem, ich habe nie einen Augenblick für mich selbst übrig«, erwiderte Lord Arthur lächelnd.

»Vermutlich wollen Sie damit sagen, daß Sie den ganzen Tag mit Miss Sybil Merton umherziehen und *Chiffons* kaufen und Unsinn schwatzen? Ich kann nicht begreifen, warum die Leute solch ein Aufhebens vom Heiraten machen. Zu meiner Zeit haben wir uns nicht im Traum einfallen lassen, deswegen in der Öffentlichkeit oder unter vier Augen zu schnäbeln und zu gurren.«

»Ich versichere Ihnen, daß ich Sybil seit vierundzwanzig Stunden nicht gesehen habe, Lady Clem. Soweit ich feststellen kann, gehört sie ausschließlich ihren Putzmacherinnen.«

»Natürlich; das ist auch der einzige Grund, warum Sie ein häßliches altes Weib wie mich besuchen kommen. Ich staune, daß ihr Männer euch nicht warnen laßt. *On a fait des folies pour moi*, und da bin ich nun, ein armes rheumatisches Geschöpf mit falschem Scheitel und übler Laune. Wenn nicht die liebe Lady Jansen wäre, die mir die schlimmsten französischen Romane schickt, die sie auftreiben kann, dann wüßte ich nicht, wie ich über den Tag käme. Die Ärzte taugen zu rein gar nichts, außer Honorar aus einem herauszuholen. Sie sind nicht einmal imstande, mein Sodbrennen zu kurieren.«

»Ich habe Ihnen ein Heilmittel dagegen mitgebracht, Lady Clem«, sagte Lord Arthur ernst. »Es ist eine wundervolle Sache, von einem Amerikaner erfunden.«

»Ich glaube nicht, daß ich für amerikanische Erfindungen viel übrig habe, Arthur. Ich bin dessen eigentlich ganz sicher. Ich habe kürzlich ein paar amerikanische Romane gelesen, und die waren ganz und gar unsinnig.«

»Oh, aber an dieser Sache ist durchaus nichts Unsinniges, Lady Clem! Ich versichere Ihnen, es ist ein radikales Heilmittel. Sie müssen mir versprechen, es zu probieren«, und Lord Arthur holte die kleine Büchse aus der Tasche und reichte sie ihr.

»Nun, die Dose ist reizend, Arthur. Ist sie wirklich ein Geschenk? Das ist sehr lieb von Ihnen. Und ist dies hier die wunderbare Medizin? Sie sieht aus wie ein Bonbon. Ich werde sie sofort einnehmen.«

»Gütiger Himmel!« rief Lord Arthur und ergriff ihre Hand. »Sie dürfen nichts dergleichen tun, Lady Clem. Es ist ein homöopathisches Mittel, und wenn Sie es einnehmen, ohne Sodbrennen zu haben, könnte es Ihnen gewaltig schaden. Warten Sie, bis Sie einen Anfall haben, und nehmen Sie es dann ein. Sie werden über das Ergebnis staunen.«

»Ich würde es gern jetzt einnehmen«, sagte Lady Clementina und hielt die kleine, durchsichtige Kapsel mit der darin schwebenden Blase flüssigen Akonitins gegen das Licht. »Sicherlich schmeckt es gut. Tatsache ist: obgleich ich Ärzte hasse, liebe ich Medizin. Trotzdem werde ich sie mir für meinen nächsten Anfall aufheben.«

»Und wann wird der sein?« fragte Lord Arthur begierig. »Bald?«

»Ich hoffe, nicht vor einer Woche. Gestern morgen erging es mir damit sehr schlimm. Aber man weiß ja nie.«

»Sie sind überzeugt, vor Ende des Monats einen zu bekommen, Lady Clem?«

»Ich fürchte, ja. Aber wie mitfühlend Sie heute sind, Arthur! Sybil hat wirklich einen sehr guten Einfluß auf Sie. Und jetzt müssen Sie verschwinden, denn ich habe ein paar höchst langweilige Leute zum Essen, die keinen Klatsch erzählen, und ich weiß, daß ich nicht imstande sein werde, während des Dinners wach zu bleiben, wenn ich jetzt nicht mein Schläfchen halte. Auf Wiedersehn, Arthur, grüßen Sie Sybil, und vielen Dank für die amerikanische Medizin.«

»Sie werden nicht vergessen, sie einzunehmen, Lady Clem?« sagte Lord Arthur und stand von seinem Stuhl auf.

»Natürlich nicht, Närrchen. Ich finde es sehr lieb von Ihnen, daß Sie an mich gedacht haben, und ich werde Ihnen schreiben, wenn ich mehr davon brauche.«

Frohgemut und mit einem Gefühl ungeheurer Erleichterung verließ Lord Arthur das Haus.

An diesem Abend hatte er eine Unterredung mit Sybil Merton. Er erzählte ihr, er sei plötzlich in eine schrecklich schwierige Lage geraten, und weder Ehre noch Pflicht erlaubten ihm, sich ihr zu entziehen. Er sagte ihr, daß die Hochzeit vorerst verschoben werden müsse, da er kein freier Mann sei, ehe er sich nicht aus seinen fürchterlichen Verwicklungen herausgewunden habe. Er bat sie inständig, ihm zu vertrauen und keine Zweifel über die Zukunft zu hegen. Alles werde sich aufklären, nur sei Geduld vonnöten.

Die Szene spielte sich im Wintergarten von Mr. Mertons Haus in Park Lane ab, wo Lord Arthur wie üblich gespeist hatte. Niemals war ihm Sybil glücklicher erschienen, und einen Augenblick lang war Lord Arthur in

Versuchung, die Rolle des Feiglings zu spielen, Lady Clementina zu schreiben, die Pille zurückzufordern und die Hochzeit stattfinden zu lassen, als gäbe es keinen Mr. Podgers auf der Welt. Doch bald machte sich seine bessere Natur geltend, und selbst als sich Sybil in seine Arme warf, wankte er nicht. Die Schönheit, die seine Sinne erregte, hatte auch an sein Gewissen gerührt. Er fühlte, daß es unrecht gehandelt wäre, ein so makelloses Leben um der Wonne weniger Monate willen zu zerstören.

Er blieb fast bis Mitternacht bei Sybil, indem er sie tröstete und seinerseits getröstet wurde, und reiste in der Morgenfrühe des nächsten Tages nach Venedig ab, nicht ohne zuvor Mr. Merton einen mannhaft entschlossenen Brief über die unumgängliche Verschiebung der Hochzeit geschrieben zu haben.

4

In Venedig traf er seinen Bruder, Lord Surbiton, der zufällig mit seiner Jacht von Korfu gekommen war. Die beiden jungen Leute verbrachten miteinander zwei höchst erfreuliche Wochen. Morgens ritten sie am Lido spazieren oder glitten in ihrer langen schwarzen Gondel die grünen Kanäle auf und nieder; am Nachmittag bewirteten sie für gewöhnlich Besucher auf der Jacht, und am Abend speisten sie im Restaurant ›Florian‹ und rauchten auf der Piazza unzählige Zigaretten. Dennoch war Lord Arthur irgendwie nicht glücklich. Tag für Tag studierte er in der ›Times‹ die Spalte über Todesfälle, in der Hoffnung, eine Notiz über Lady Clementinas Hinscheiden zu finden, und jeden Tag wurde er enttäuscht. Er begann zu fürchten, daß ihr ein Unfall zugestoßen sei, und bedauerte häufig, daß er sie daran gehindert hatte, das Akonitin zu nehmen, als sie so begierig gewesen war, dessen Wirkung auszuprobieren. Überdies klangen Sybils Briefe, obgleich sie voller Liebe, Vertrauen und Zärtlichkeit waren, oft sehr traurig, und mitunter glaubte er schon, auf ewig von ihr getrennt zu sein.

Nach zwei Wochen wurde Lord Surbiton Venedig langweilig, und er beschloß, längs der Küste nach Ravenna zu segeln, da er hörte, die Pineta biete famose Möglichkeiten zur Jagd auf Waldschnepfen. Lord Arthur lehnte zuerst rundheraus ab, mitzukommen, aber Surbiton, zu dem er eine ungewöhnliche Zuneigung hegte, überzeugte ihn schließlich, daß er sich zu Tode langweilen werde, wenn er allein im Hotel Danielli bleibe, und so fuhren sie bei scharfem Nordost und ziemlich kabbliger See am Morgen des Fünfzehnten ab. Die Jagd war vorzüglich, und das ungebundene Leben im Freien gab Lord Arthurs Wangen die Farbe zurück; um den Zwanzigsten begann er sich jedoch wegen Lady Clementina zu beunruhigen und fuhr ungeachtet aller Einwände Surbitons mit dem Zug nach Venedig zurück.

Als er aus seiner Gondel auf die Stufen der Hoteltreppe stieg, kam ihm der Besitzer mit einem Bündel Telegramme entgegen. Lord Arthur schnappte sie ihm aus der Hand und riß sie auf. Alles war glücklich verlaufen. Lady Clementina war in der Nacht zum Siebzehnten ganz plötzlich gestorben!

Sein erster Gedanke galt Sybil, und er sandte ihr ein

Telegramm, in dem er seine umgehende Rückkehr nach London ankündigte. Dann befahl er seinem Diener, das Gepäck für den Nachtzug bereitzumachen, schickte seinen Gondolieri etwa das Fünffache ihrer eigentlichen Entlohnung und lief leichten Schritts und frohen Herzens in sein Wohnzimmer. Dort erwarteten ihn drei Briefe. Einer war von Sybil, voller Mitgefühl und Beileid. Die anderen kamen von seiner Mutter und von Lady Clementinas Anwalt. Anscheinend hatte die alte Dame an dem betreffenden Abend bei der Herzogin diniert und jedermann mit ihrem Witz und Esprit entzückt, war jedoch ziemlich früh nach Hause gefahren, weil sie über Sodbrennen klagte. Am Morgen wurde sie in ihrem Bett tot aufgefunden, ohne, wie es schien, Schmerzen gelitten zu haben. Sofort war nach Sir Mathew Reid geschickt worden, aber es war natürlich nichts mehr zu machen gewesen, und am Zweiundzwanzigsten hatte man sie in Beauchamp Chalcote beerdigt. Wenige Tage vor ihrem Tode hatte sie ihr Testament gemacht und Lord Arthur ihr kleines Haus in der Curzon Street hinterlassen sowie das gesamte Mobiliar, ihre persönliche Habe und ihre Gemälde, mit Ausnahme ihrer Miniaturensammlung, die an ihre Schwester, Lady Margaret Rufford, kommen, und ihres Amethysthalsbands, das Sybil Merton haben sollte. Der Besitz war nicht von großem Wert, aber dem Anwalt, Mr. Mansfield, war außerordentlich viel daran gelegen, daß Lord Arthur möglichst sofort zurückkäme, da eine Fülle von Rechnungen zu bezahlen waren und Lady Clementina niemals regelmäßig Buch geführt hatte.

Lord Arthur war sehr gerührt über Lady Clementinas

freundliches Gedenken und hatte das Gefühl, Mr. Podgers habe für eine Menge einzustehen. Doch seine Liebe zu Sybil beherrschte jede andere Empfindung, und das Bewußtsein, seine Pflicht getan zu haben, gab ihm Frieden und Trost. Als er auf dem Bahnhof Charing Cross anlangte, fühlte er sich vollkommen glücklich.

Die Mertons empfingen ihn sehr liebevoll. Sybil nahm ihm das Versprechen ab, daß er nie wieder etwas zwischen sie treten lasse, und die Hochzeit wurde auf den 7. Juni festgesetzt. Das Leben erschien ihm wieder strahlend und schön, und seine einstige Fröhlichkeit kehrte zurück.

Eines Tages jedoch, als er im Beisein von Lady Clementinas Anwalt und Sybil das Haus in der Curzon Street durchstöberte, Packen vergilbter Briefe verbrannte und Schubfächer mit kuriosem Plunder ausleerte, stieß das junge Mädchen plötzlich einen leisen Schrei des Entzückens aus.

»Was hast du gefunden Sybil?« fragte Lord Arthur, während er lächelnd von seiner Arbeit aufschaute.

»Diese reizende kleine Silberdose, Arthur. Ist das nicht alte holländische Arbeit? Schenk sie mir! Ich weiß, Amethyste werden mir erst stehen, wenn ich über achtzig bin.«

Es war die Dose, die das Akonitin enthalten hatte.

Lord Arthur erschrak, und eine schwache Röte färbte seine Wangen. Er hatte fast völlig vergessen, was er getan hatte, und es mutete ihn als ein merkwürdiges Zusammentreffen an, daß Sybil, um derentwillen er diese ganze gräßliche Unruhe durchgemacht hatte, die erste sein mußte, ihn daran zu erinnern.

»Natürlich kannst du sie haben, Sybil. Ich habe sie der armen Lady Clem selber geschenkt.«

»Oh! Ich danke dir, Arthur, und darf ich auch den Bonbon haben? Mir war gar nicht bekannt, daß Lady Clementina Süßigkeiten liebte. Ich dachte, sie sei viel zu intellektuell.«

Lord Arthur wurde totenbleich, und ein entsetzlicher Gedanke kam ihm.

»Ein Bonbon, Sybil? Was meinst du damit?« fragte er mit schleppender, rauher Stimme.

»Hier ist einer drin, weiter nichts. Er sieht ganz alt und verstaubt aus, und ich habe nicht im mindesten die Absicht, ihn zu essen. Was ist los, Arthur? Wie blaß du geworden bist!«

Lord Arthur stürzte durch das Zimmer und griff nach der Dose. Darin lag die bernsteinfarbene Kapsel mit ihrer Giftblase. Lady Clementina war nach alledem eines natürlichen Todes gestorben!

Der Schlag dieser Entdeckung war fast zuviel für ihn. Er schleuderte die Kapsel ins Feuer und sank mit einem Aufschrei der Verzweiflung auf das Sofa.

5

Mr. Merton war recht unglücklich über den zweiten Aufschub der Hochzeit, und Lady Julia, die bereits ihr Kleid für die Trauung in Auftrag gegeben hatte, tat ihr möglichstes, Sybil zu überreden, daß sie die Verlobung rückgängig mache. So innig Sybil jedoch ihre Mutter liebte, sie hatte ihr ganzes Leben in Lord Arthurs Hände gelegt, und nichts, was Lady Julia auch sagen mochte, konnte sie in ihrem Vertrauen erschüttern. Was Lord Arthur selbst betraf, so brauchte er Tage, um über seine furchtbare Enttäuschung hinwegzukommen, und eine Zeitlang waren seine Nerven völlig geschwächt. Bald machte sich jedoch sein vortrefflich gesunder Menschenverstand geltend, und sein ausgeprägter Sinn für das Praktische ließ ihn nicht lange im Zweifel darüber, was zu tun war. Da sich Gift als ein völliger Versager herausgestellt hatte, leuchtete es ein, daß Dynamit oder ein anderer Sprengstoff am besten geeignet waren, erprobt zu werden.

Folglich ging er abermals die Liste seiner Freunde und Verwandten durch und entschloß sich nach sorgfältiger Überlegung, seinen Onkel, den Dekan von Chichester, in die Luft zu jagen. Der Dekan, ein hochgebildeter und grundgelehrter Mann, hegte eine geradezu närrische Vorliebe für Uhren und besaß eine erstaunliche Sammlung von Zeitmessern, die Stücke aus dem fünfzehnten Jahrhundert bis zu solchen aus der Gegenwart enthielt, und Lord Arthur schien es, als biete ihm diese Liebhaberei des wackeren Dekans eine ausgezeichnete Möglichkeit, seinen Plan auszuführen. Woher er eine Höllenmaschine beschaffen sollte, war natürlich eine ganz andere Sache. Das Londoner Adreßbuch gab ihm über diesen Punkt keine Auskunft, und er spürte, daß es sehr wenig Sinn hätte, sich deswegen an Scotland Yard zu wenden, da man dort nie etwas über die Schritte der Bombenlegerclique zu wissen schien, bis eine Explosion stattgefunden hatte, und selbst dann nicht eben viel.

Plötzlich fiel ihm sein Freund Ruwalow ein, ein junger Russe höchst revolutionärer Tendenz, dem er im Winter bei Lady Windermere begegnet war. Es hieß, Graf Ruwalow arbeite an einer Lebensbeschreibung Peters des Großen und sei nach England gekommen, um die Dokumente zu studieren, die den dortigen Aufenthalt des Zaren als Schiffszimmermann betrafen; es bestand jedoch allgemein der Verdacht, daß er ein Nihilistenagent sei, und gar kein Zweifel daran, daß die russische Botschaft seine Anwesenheit in London durchaus nicht mit Wohlwollen sah. Lord Arthur schien es, als sei er genau der rechte Mann für sein Vorhaben, und so fuhr er eines Vormittags nach Ruwalows Wohnung in Bloomsbury, um seinen Rat und Beistand zu erbitten.

»Also beschäftigen Sie sich ernstlich mit Politik?« fragte Graf Ruwalow, als ihm Lord Arthur den Zweck seines Besuches mitgeteilt hatte; aber Lord Arthur, der jede Prahlerei haßte, fühlte sich verpflichtet, ihm zu gestehen, daß er nicht das mindeste Interesse für soziale Fragen hege und die Höllenmaschine nur für eine reine Familienangelegenheit benötige, die niemanden als ihn selbst betreffe.

Graf Ruwalow sah ihn einige Augenblicke verwundert an, und als er merkte, daß es ihm völlig ernst war, schrieb er auf ein Stück Papier eine Adresse, darunter seine Anfangsbuchstaben, und reichte sie ihm über den Tisch. »Scotland Yard würde eine Menge darum geben, diese Adresse zu erfahren, alter Junge.«

»Sie werden sie nicht bekommen!« rief Lord Arthur lachend aus, und nachdem er dem jungen Russen herzlich die Hand geschüttelt hatte, lief er die Treppe hinab, studierte den Zettel und befahl dem Kutscher, nach Soho Square zu fahren.

Dort entließ er ihn und schlenderte die Greek Street entlang, bis er zu einer Stelle kam, die sich Bayle's Court nannte. Er ging durch einen Torweg und stellte fest, daß er sich in einer merkwürdigen Sackgasse befand, in der sich offensichtlich eine französische Wäscherei niedergelassen hatte, denn ein wahres Netzwerk von Leinen war von Haus zu Haus gespannt, und weiße Wäsche flatterte in der Morgenluft. Er ging bis ans Ende der Gasse und klopfte bei einem kleinen grünen Haus an. Nach einiger Zeit, während unterdessen jedes Fenster ein gefleckter Klumpen glotzender Gesichter geworden war, wurde die Tür von einem recht derb aussehenden Ausländer geöffnet, der ihn in ganz erbärmlichem Englisch fragte, was sein Begehr sei. Lord Arthur gab ihm den Zettel, den er von Graf Ruwalow erhalten hatte. Als der Mann einen Blick darauf geworfen hatte, verneigte er sich und bat Lord Arthur in ein mehr als schäbiges Empfangszimmer im Erdgeschoß, und wenige Augenblicke später stürzte Herr Winckelkopf, wie er in England hieß, geschäftig ins Zimmer, eine über und über weinbefleckte Serviette um den Hals und eine Gabel in der Linken.

»Graf Ruwalow hat mir eine Empfehlung an Sie gegeben«, sagte Lord Arthur mit einer Verbeugung, »und es liegt mir viel daran, eine kurze Unterredung über eine geschäftliche Angelegenheit mit Ihnen zu führen. Mein Name ist Smith, Mister Robert Smith, und ich möchte, daß Sie mir eine Explosivuhr verschaffen.«

»Entzückt, Sie kennenzulernen, Lord Arthur«, erwiderte lachend der muntere kleine Deutsche. »Machen Sie kein so bestürztes Gesicht, es ist meine Pflicht, jeden zu kennen, und ich erinnere mich, Sie eines Abends bei Lady Windermere gesehen zu haben. Ich hoffe, Ihre Gnaden befindet sich wohl. Haben Sie etwas dagegen, sich zu mir zu setzen, bis ich mein Frühstück beendet habe? Es gibt eine vorzügliche Pastete, und meine Freunde sind so liebenswürdig, zu behaupten, mein Rheinwein sei besser als jeder, den sie in der deutschen Botschaft vorgesetzt bekommen.« Und ehe sich Lord Arthur von der Überraschung erholt hatte, erkannt worden zu sein, saß er bereits in dem Hinterzimmer, trank aus einem blaßgelben Weißweinglas den köstlichsten Markobrunner und plauderte auf die allerfreundschaftlichste Art mit dem berühmten Verschwörer.

»Explosivuhren«, sagte Herr Winckelkopf, »sind eine Ware, die für den Export ins Ausland nicht sehr geeignet ist, selbst dann nicht, wenn sie glücklich durch den Zoll kommt; der Bahnpostdienst ist so unregelmäßig, daß sie gewöhnlich in die Luft gehen, ehe sie ihren eigentlichen Bestimmungsort erreicht haben. Wenn Sie jedoch eine für den Gebrauch im Lande haben wollen, kann ich Ihnen eine ausgezeichnete Ware liefern und Ihnen garantieren, daß Sie mit dem Ergebnis zufrieden sein werden. Darf ich fragen, für wen sie bestimmt ist? Wenn es sich um die Polizei handelt oder jemand, der mit Scotland Yard verbunden ist, kann ich leider nichts für Sie tun. Die englischen Detektive sind wahrhaftig unsere besten Freunde, und ich habe stets gefunden, daß wir genau tun können, was wir wollen, wenn wir auf ihre Dummheit bauen. Ich könnte nicht einen von ihnen entbehren.«

»Ich versichere Ihnen«, sagte Lord Arthur, »daß die Sache rein gar nichts mit der Polizei zu tun hat. Die Uhr ist für den Dekan von Chichester bestimmt.«

»Meine Güte! Ich hatte keine Ahnung, daß Sie so streng über Religion denken, Lord Arthur. Das tun heutzutage nur wenige junge Leute.«

»Ich fürchte, Sie überschätzen mich, Herr Winckelkopf«, erwiderte Lord Arthur errötend. »Tatsache ist, daß ich von Theologie absolut nichts verstehe.«

»Dann ist es also eine reine Privatangelegenheit?«

»Rein privat.«

Herr Winckelkopf zuckte die Achseln und verließ das Zimmer, in das er wenige Minuten später mit einem kleinen runden Kuchen Dynamit von der Größe eines Pennys zurückkehrte sowie einer hübschen kleinen französischen Uhr, über der eine goldbronzierte Statuette der Freiheit die Hydra des Despotismus mit Füßen trat.

Lord Arthurs Gesicht klärte sich bei diesem Anblick auf. »Das ist genau das, was ich brauche«, rief er aus. »Und nun erzählen Sie mir, wie es explodiert.«

»Ah! Das ist mein Geheimnis«, entgegnete Herr Winckelkopf, indem er seine Erfindung mit einem Blick berechtigten Stolzes betrachtete, »sagen Sie mir, wann Sie die Explosion wünschen, und ich stelle den Mechanismus genau auf den Augenblick ein.«

»Nun, heute ist Dienstag, und wenn Sie die Uhr sofort abschicken könnten ...«

»Das ist unmöglich, ich habe eine Menge wichtiger Arbeit für ein paar Moskauer Freunde zu erledigen. Dennoch könnte ich sie morgen abschicken.«

»Oh, es würde durchaus zeitig genug sein«, sagte Lord Arthur höflich, »wenn sie morgen abend oder Donnerstag früh zugestellt wird. Für den Augenblick der Explosion wollen wir Freitag, Punkt zwölf Uhr, festsetzen. Zu dieser Stunde ist der Dekan stets zu Hause.«

»Freitag, Punkt zwölf Uhr«, wiederholte Herr Winckelkopf und machte eine entsprechende Eintragung in ein dickes Hauptbuch, das auf einem Schreibpult neben dem Kamin lag.

»Und nun«, sagte Lord Arthur, während er aufstand, »lassen Sie mich bitte wissen, wieviel ich Ihnen schuldig bin.«

»Es ist eine so geringfügige Sache, Lord Arthur, daß mir nichts daran liegt, überhaupt einen Preis zu machen. Das Dynamit kommt auf sieben Shilling sechs Pence, die Uhr auf drei Pfund zehn Shilling, und der Transport wird etwa fünf Shilling ausmachen. Ich bin nur allzu glücklich, wenn ich einem Freund Graf Ruwalows gefällig sein kann.«

»Aber Ihre Mühe, Herr Winckelkopf?«

»Oh, das hat nichts zu sagen! Es ist mir ein Vergnügen. Ich arbeite nicht für Geld, ich lebe ausschließlich meiner Kunst.«

Lord Arthur legte vier Pfund zwei Shilling sechs Pence auf den Tisch, dankte dem kleinen Deutschen für seine Gefälligkeit und verließ, nachdem es ihm geglückt war, eine Einladung zu einem Anarchistentreffen und einem Tee mit Imbiß am folgenden Sonnabend abzulehnen, das Haus und strebte dem Park zu.

Die nächsten beiden Tage verbrachte er in einem Zustand höchster Aufregung, und am Freitag um zwölf Uhr fuhr er zum Buckingham-Club, um auf Nachrichten zu warten. Den ganzen Nachmittag gab der sture Pförtner Telegramme aus den verschiedensten Teilen des Landes bekannt, die Ergebnisse über Pferderennen enthielten, Urteile in Scheidungsprozessen, die Wetterlage und ähnliches, während der Fernschreiber langweilige Einzelheiten über eine Nachtsitzung des Unterhauses und eine kleine Panik an der Börse heraustickte. Um vier Uhr kamen die Abendzeitungen, und Lord Arthur verschwand mit der ›Pall Mall‹, der ›St. James‹, dem ›Globe‹ und dem ›Echo‹ in der Bibliothek, zur ungeheuren Empörung Oberst Goodchilds, der die Berichte über seine Rede lesen wollte, die er vormittags im Mansion House gehalten hatte – über südafrikanische Missionen und ob es ratsam sei, in jeder Provinz schwarze Bischöfe zu haben –, und der aus irgendeinem Grunde ein energisches Vorurteil gegen die ›Evening News‹ hegte. Doch keine dieser Zeitungen enthielt den geringsten Hinweis auf Chichester, und Lord Arthur spürte, daß das Attentat fehlgeschlagen sein müsse. Das war ein furchtbarer Schlag für ihn, und eine Zeitlang war er völlig entmutigt. Herr Winckelkopf, den er anderntags aufsuchte, erging sich in wortreichen Entschuldigungen und erbot sich, ihm kostenlos eine zweite Uhr oder zum Selbstkostenpreis eine Kiste Nitroglyzerinbomben zu liefern. Aber Lord Arthur hatte jedes Vertrauen zu Sprengstoffen verloren, und Herr Winckelkopf gab selber zu, daß heutzutage alles verfälscht werde und daß sogar Dynamit selten in reiner Beschaffenheit zu erhalten sei. Doch obgleich der kleine Deutsche einräumte, daß mit dem Mechanismus etwas schiefgegangen sein müsse, war er nicht ohne Hoffnung, daß die Uhr immer noch explodieren könne, und führte als Beispiel ein Barometer an, das er einst dem Militärgouverneur von Odessa geschickt hatte und das, obgleich es eingestellt war, nach zehn Tagen zu explodieren, sich etwa drei Monate lang nicht gerührt hatte. Freilich hatte es, als es dann doch explodierte, nur den Erfolg gezeigt, ein Hausmädchen in Atome zu zerreißen, weil der Gouverneur sechs Wochen vorher die Stadt verlassen hatte, aber zumindest hatte es bewiesen, daß Dynamit als zerstörende Kraft unter der Kontrolle eines Mechanismus ein mächtiges, wenn auch etwas unpünktliches Werkzeug sei.

Diese Erwägung tröstete Lord Arthur ein wenig, doch selbst darin war ihm Enttäuschung beschieden; denn zwei Tage später rief ihn, als er die Treppe hinaufging, die Herzogin in ihr Boudoir und zeigte ihm einen Brief, den sie soeben aus dem Dekanat erhalten hatte.

»Jane schreibt bezaubernde Briefe«, sagte die Herzogin, »ihren letzten mußt du wirklich lesen. Er ist genauso gut wie die Romane, die uns Mudies Leihbibliothek schickt.«

Lord Arthur nahm ihr den Brief aus der Hand. Er lautete folgendermaßen:

›Dekanat Chichester, den 27. Mai
Liebste Tante!

Vielen Dank für den Flanell und den Schürzenstoff, die von der Dorcas Society verteilt werden sollen. Ich bin völlig Ihrer Meinung, daß ihr Wunsch, hübsche

Dinge zu tragen, Unsinn ist, aber heutzutage sind alle so radikal und gottlos, daß man sie schwerlich zu der Einsicht bringen kann, sich nicht wie die oberen Klassen zu kleiden. Ich weiß wahrhaftig nicht, wohin wir noch kommen werden. Wie Papa oft in seinen Predigten gesagt hat: Wir leben in einem Zeitalter des Unglaubens.

Wir hatten großen Spaß mit einer Uhr, die ein unbekannter Bewunderer letzten Donnerstag an Papa schickte. Sie kam portofrei in einer Holzkiste aus London, und Papa meint, es müsse sie jemand geschickt haben, der seine bemerkenswerte Predigt ›Ist Zügellosigkeit Freiheit?‹ gelesen hat, denn auf der Uhr war eine weibliche Gestalt mit einer Kopfbedeckung, von der Papa behauptet, es sei die Freiheitsmütze. Ich fand sie nicht sehr kleidsam, aber Papa sagte, sie sei historisch, also wird sie schon recht sein. Parker packte die Uhr aus, und Papa stellte sie auf den Kaminsims in der Bibliothek; und dort saßen wir alle am Freitagvormittag, als wir genau bei Glockenschlag zwölf ein sirrendes Geräusch hörten; aus dem Sockel der Figur kam ein kleines Rauchwölkchen, und die Göttin der Freiheit fiel herunter und brach sich die Nase am Kamingitter! Maria war ganz erschrocken, aber es sah so lächerlich aus, daß James und ich uns vor Lachen nicht halten konnten, und sogar Papa amüsierte sich. Als wir die Uhr untersuchten, stellten wir fest, daß sie eine Art Wecker war und daß sie, auf eine bestimmte Stunde eingestellt und mit etwas Schießpulver und einem Zündhütchen unter einem kleinen Hammer, losgeht, wann immer man es will. Papa sagte, sie dürfe wegen des Lärms nicht in der Bibliothek bleiben, also brachte Reggie sie ins Schulzimmer und veranstaltet nun den ganzen Tag kleine Explosionen. Was meinen Sie, ob wohl Arthur so etwas gern als Hochzeitsgeschenk hätte? Vermutlich sind sie in London große Mode. Papa sagt, die könnten von großem Nutzen sein, da sie beweisen, daß die Freiheit nicht bestehen kann, sondern fallen muß. Papa sagt, die Freiheit sei zur Zeit der Französischen Revolution erfunden worden. Welch abscheulicher Gedanke!

Jetzt muß ich zur Dorcas Society, wo ich Ihren höchst lehrreichen Brief vorlesen will. Wie richtig, liebe Tante, ist Ihre Ansicht, daß die Leute solcher Lebensschicht tragen sollten, was sie nicht kleidet. Ich muß schon sagen, ich finde es absurd, wie begierig sie auf Putz sind, wo es doch soviel wichtigere Dinge in dieser Welt und in der nächsten gibt. Ich freue mich so, daß sich Ihr geblümter Popelin als so gut erwiesen hat und daß Ihre Spitze nicht zerrissen war. Mein gelbes Atlaskleid, das Sie mir liebenswürdigerweise schenkten, werde ich am Mittwoch tragen, wenn wir beim Bischof eingeladen sind, und ich glaube, es wird ganz anständig aussehen. Würden Sie Schleifen anbringen oder nicht? Jennings behauptet, alle trügen jetzt Schleifen, und der Unterrock müsse gekräuselt werden. Soeben hat Reggie wieder eine Explosion herbeigeführt, und Papa hat befohlen, die Uhr aus dem Haus in die Stallungen zu schaffen. Mir scheint, sie gefällt Papa nicht mehr so sehr wie zu Anfang, wenn er sich auch sehr geschmeichelt fühlt, ein so hübsches und sinnreiches Spielzeug erhalten zu haben. Es beweist, daß die Leute seine Predigten lesen und von ihnen profitieren.

Papa sendet Ihnen freundliche Grüße, denen sich

James, Reggie und Maria anschließen, und in der Hoffnung, daß sich Onkel Cecils Gicht gebessert hat, bin ich, liebe Tante,

Ihre Sie stets aufrichtig liebende Nichte
Jane Percy

PS: Schreiben Sie mir wegen der Schleifen. Jennings behauptet nach wie vor, sie seien modern.‹

Lord Arthur machte ein so ernstes und unglückliches Gesicht, als er den Brief las, daß die Herzogin lachen mußte. »Mein lieber Arthur«, rief sie aus, »nie wieder werde ich dir einen Brief von einer jungen Dame zeigen! Aber was soll ich zu der Uhr sagen? Ich halte sie für eine famose Erfindung und würde gern selbst so eine besitzen.«

»Ich halte nicht viel davon«, entgegnete Lord Arthur mit einem traurigen Lächeln, und nachdem er seine Mutter geküßt hatte, verließ er das Zimmer.

Als er oben war, warf er sich auf ein Sofa, und seine Augen füllten sich mit Tränen. Er hatte sein Bestes getan, diesen Mord zu begehen, aber beide Male war es ihm mißlungen, und nicht durch seine Schuld. Er hatte sich bemüht, seine Pflicht zu tun, aber es schien, als sei das Schicksal selbst zum Verräter geworden. Ihn bedrückte das Gefühl der Unfruchtbarkeit seiner guten Absichten, der Nutzlosigkeit, tüchtig zu sein. Vielleicht wäre es besser, die Verlobung überhaupt rückgängig zu machen. Sybil würde freilich leiden, aber Leid konnte eine so edle Natur wie die ihre nicht wirklich beeinträchtigen. Was ihn selbst betraf, was war daran gelegen? Es gibt immer irgendeinen Krieg, in dem ein Mann sterben, eine Sache, für die ein Mann sein Leben hingeben kann, und da das Leben keine Freude für ihn hatte, war der Tod ohne Schrecken. Mochte das Schicksal sein Los vollenden. Er würde sich nicht rühren, ihm zu helfen.

Um halb sieben kleidete er sich an und ging in den Club. Surbiton war mit einer Gesellschaft junger Leute da, und er war gezwungen, mit ihnen zu speisen. Ihre triviale Unterhaltung und ihre hohlen Witze interessierten ihn nicht, und sobald der Kaffee serviert war, verließ er sie, um fortzukommen, unter dem Vorwand einer Verabredung. Als er aus dem Club trat, gab ihm der Portier einen Brief. Er war von Herrn Winckelkopf, der ihn bat, am folgenden Abend vorbeizukommen und sich einen explosiven Regenschirm anzusehen, der losgehe, sobald er aufgespannt werde. Es sei die allerneueste Erfindung und soeben aus Genf eingetroffen. Er riß den Brief in Fetzen. Er hatte sich dafür entschieden, keine weiteren Experimente zu unternehmen. Dann wanderte er zum Themsekai hinunter und saß stundenlang am Fluß. Der Mond lugte wie das Auge eines Löwen durch eine Mähne lohfarbener Wolken, und unzählige Sterne flimmerten in dem hohen Gewölbe wie Goldstaub, mit dem eine purpurne Kuppel bestäubt ist. Hin und wieder schaukelte ein Boot in die trübe Strömung hinaus und trieb mit der Flut dahin, und die Signale der Eisenbahn wechselten von Grün zu Scharlachrot, wenn die Züge mit schrillem Pfeifen über die Brücke rasten. Nach einer Weile dröhnte es zwölf Uhr von dem hohen Westminsterturm, und bei jedem Schlag der volltönenden Glocke schien die Nacht zu erbeben. Dann gingen die Lichter der Eisenbahn aus, eine einzige einsame Laterne funkelte noch wie ein großer Rubin an einem Riesenmast, und das Brausen der Stadt wurde schwächer.

Um zwei Uhr stand er auf und schlenderte in die Richtung von Blackfriars. Wie unwirklich alles aussah! Wie sehr es einem merkwürdigen Traum glich! Die Häuser am anderen Flußufer schienen aus Dunkelheit erbaut. Es war, als hätten Silber und Schatten die Welt neu geformt. Die mächtige Kuppel der Sankt-Pauls-Kathedrale tauchte wie eine Blase aus der dämmrigen Luft.

Als er zu ›Cleopatra's Needle‹ kam, sah er einen Mann über dem Brückengeländer lehnen, als er näher heran ging, blickte der Mann hoch; das Licht der Gaslaterne fiel voll auf sein Gesicht.

Es war Mr. Podgers, der Chiromant! Keiner konnte sich über das dicke, schlaffe Gesicht, die goldgeränderte Brille, das ekelhafte matte Lächeln und den sinnlichen Mund täuschen.

Lord Arthur blieb stehen. Eine glänzende Idee schoß ihm durch den Kopf, und sacht schlich er sich hinter ihn. Im Nu hatte er Mr. Podgers bei den Beinen gepackt und in die Themse geworfen. Ein gemeiner Fluch, ein schweres Aufklatschen, und alles war still. Lord Arthur schaute begierig über das Geländer, konnte jedoch nichts von dem Chiromanten entdecken als einen großen Hut, der in einem Strudel mondhellen Wassers herumwirbelte. Nach einer Weile versank auch er, und keine Spur von Mr. Podgers war mehr zu sehen. Einmal glaubte er die dicke, unförmige Gestalt wahrzunehmen, wie sie auf die Treppe neben der Brücke zuschwamm, und ein gräßliches Gefühl der Schwäche überkam ihn; doch das Wahrgenommene erwies sich als ein bloßer Widerschein, und als der Mond hinter einer Wolke hervorkam, verschwand es. Endlich schien er den Urteilsspruch des Schicksals erfüllt zu haben. Er stieß einen tiefen Seufzer der Erleichterung aus, und Sybils Name kam ihm auf die Lippen.

»Haben Sie etwas fallen lassen, Sir?« fragte plötzlich eine Stimme hinter ihm.

Er drehte sich um und erblickte einen Polizisten mit einer Blendlaterne.

»Nichts von Bedeutung, Sergeant«, antwortete er lächelnd, rief einen vorbeifahrenden Hansom an, sprang hinein und befahl dem Mann, nach Belgrave Square zu fahren.

In den nächsten Tagen schwankte er zwischen Hoffnung und Furcht. Es gab Augenblicke, da er fast erwartete, Mr. Podgers ins Zimmer spazieren zu sehen, und dennoch hatte er zu andern Zeiten das Gefühl, das Schicksal könne nicht so ungerecht gegen ihn sein. Zweimal ging er zu der Adresse des Chiromanten in der West Moon Street, konnte es jedoch nicht über sich bringen, zu läuten. Er sehnte sich nach Gewißheit und fürchtete sich vor ihr.

Endlich kam sie. Er saß beim Tee im Rauchzimmer des Clubs und hörte ziemlich gelangweilt Surbitons Bericht über das neuste Couplet im ›Gaiety‹ an, als der Diener mit den Abendzeitungen eintrat. Er griff nach der ›St. James‹ und blätterte gleichgültig die Seiten um, und plötzlich fiel ihm eine ungewöhnliche Überschrift in die Augen:

Er wurde blaß vor Aufregung und begann zu lesen. Der Artikel lautete folgendermaßen:

›Gestern morgen um sieben Uhr wurde bei Greenwich, genau gegenüber dem Schiffshotel, der Leichnam des hervorragenden Chiromanten Mr. Septimus R. Podgers ans Ufer gespült. Der unglückliche Gentleman wurde seit einigen Tagen vermißt, und in chiromantischen Kreisen herrschte nicht geringe Besorgnis um sein Wohlergehen. Es wird angenommen, daß er unter dem Einfluß einer vorübergehenden Geistesstörung, die durch Überarbeitung hervorgerufen wurde, Selbstmord beging, und ein entsprechendes Urteil wurde heute nachmittag von der Jury der Leichenschau bekanntgegeben. Mr. Podgers hatte soeben eine sorgfältig ausgearbeitete Abhandlung über ›Die menschliche Hand‹ vollendet, die in Kürze erscheinen und zweifellos große Aufmerksamkeit erregen wird. Der Verstorbene war fünfundsechzig Jahre alt und scheint keine Angehörigen hinterlassen zu haben.‹

Lord Arthur stürzte, die Zeitung immer noch in der Hand, aus dem Club, zum ungeheuren Erstaunen des Portiers, der ihn vergeblich aufzuhalten versuchte, und fuhr auf der Stelle nach Park Lane. Sybil erblickte ihn vom Fenster aus, und etwas sagte ihr, daß er gute Nachrichten bringe.

Sie lief hinab, ihm entgegen, und als sie sein Gesicht sah, wußte sie, daß alles gut war.

»Meine liebe Sybil«, rief Lord Arthur, »laß uns morgen heiraten!«

»Du Närrchen! Noch nicht einmal der Hochzeitskuchen ist bestellt!« entgegnete Sybil, unter Tränen lachend.

6

Als drei Wochen später die Hochzeit stattfand, überschwemmte die Sankt-Peters-Kirche ein nie dagewesenes Gewimmel eleganter Leute. Den Gottesdienst hielt auf höchst ergreifende Weise der Dekan von Chichester, und alle stimmten überein, nie ein schöneres Paar als die Braut und den Bräutigam gesehen zu haben. Aber sie waren mehr als schön – sie waren glücklich. Nicht einen einzigen Augenblick bedauerte Lord Arthur all das, was er um Sybils willen gelitten hatte, während sie ihrerseits ihm das Beste schenkte, was eine Frau einem Mann schenken kann – Achtung, Zärtlichkeit und Liebe. Für beide wurde die Romantik nicht durch die Wirklichkeit getötet. Sie fühlten sich immer jung.

Einige Jahre später, als ihnen zwei wunderhübsche Kinder geboren waren, kam Lady Windermere zu einem Besuch nach Alton Priory, einem entzückenden alten Besitz, den der Herzog seinem Sohn zur Hochzeit geschenkt hatte, und als sie eines Nachmittags mit Lady Arthur im Garten unter einer Linde saß und dem kleinen Knaben und dem kleinen Mädchen zusah, die wie launische Sonnenstrahlen auf dem Rosenpfad hin und her huschten, nahm sie plötzlich die Hand ihrer Gastgeberin in beide Hände und fragte: »Sind Sie glücklich, Sybil?«

»Liebe Lady Windermere, natürlich bin ich glücklich. Sind Sie es nicht?«

»Ich habe keine Zeit, glücklich zu sein, Sybil. Mir gefällt stets der letzte, der mir vorgestellt wurde, aber sobald ich die Leute kenne, werde ich ihrer in der Regel überdrüssig.«

»Sind Sie nicht zufrieden mit Ihren Löwen, Lady Windermere?«

»O Himmel, nein! Löwen sind nur gut für eine Saison. Sobald ihre Mähnen beschnitten sind, werden sie die langweiligsten Geschöpfe, die es gibt. Außerdem benehmen sie sich sehr schlecht, wenn man wirklich nett zu ihnen ist. Erinnern Sie sich an diesen gräßlichen Mr. Podgers? Er war ein schrecklicher Betrüger. Natürlich machte mir das überhaupt nichts aus, und ich verzieh ihm sogar, wenn er Geld von mir leihen wollte, aber ich konnte es nicht ertragen, daß er mir den Hof machte. Er hat mir wahrhaftig einen Abscheu vor der Chiromantie eingeflößt. Jetzt befasse ich mich mit Telepathie. Die ist viel amüsanter.«

»Sie dürfen hier nichts gegen die Chiromantie sagen, Lady Windermere, sie ist das einzige Thema, bei dem Arthur keinen Spott verträgt. Ich versichere Ihnen, daß er sie ganz ernst nimmt.«

»Sie wollen doch nicht etwa sagen, daß er daran glaubt, Sybil?«

»Fragen Sie ihn, Lady Windermere, da ist er«; denn Lord Arthur kam, von seinen beiden Kindern umtanzt, mit einem großen Strauß gelber Rosen durch den Garten.

»Lord Arthur...«

»Ja, Lady Windermere?«

»Sie wollen doch nicht etwa behaupten, daß Sie an Chiromantie glauben?«

»Natürlich glaube ich daran«, erwiderte der junge Mann lächelnd.

»Aber warum nur?«

»Weil ich ihr mein ganzes Lebensglück verdanke«, murmelte er und warf sich in einen Korbsessel.

»Mein lieber Lord Arthur, was verdanken Sie ihr?«

»Sybil«, antwortete er, während er seiner Frau die Rosen überreichte und ihr in die Veilchenaugen blickte.

»Welch ein Unsinn!« rief Lady Windermere. »In meinem ganzen Leben habe ich keinen solchen Unsinn gehört.«

Das Gespenst von Canterville

Eine hylo-idealistische Erzählung

Als Mr. Hiram B. Otis, der amerikanische Gesandte, Canterville Chase kaufte, sagte ihm jeder, das sei sehr töricht gehandelt, weil es keinen Zweifel darüber gäbe, daß dort ein Gespenst umgehe. In der Tat hatte es Lord Canterville selbst, ein Mann von geradezu überspitztem Ehrgefühl, für seine Pflicht erachtet, diesen Umstand Mr. Otis gegenüber zu erwähnen, als sie über die Bedingungen verhandelten.

»Wir mochten selber nicht mehr dort wohnen«, sagte Lord Canterville, »seit meine Großtante, die Herzogin-witwe von Bolton, vor Schrecken einen Anfall bekam, von dem sie sich nie mehr so recht erholte, als sich zwei Knochenhände auf ihre Schultern legten, während sie sich zum Dinner ankleidete, und ich fühle mich ver-pflichtet, Ihnen zu sagen, Mister Otis, daß mehrere le-bende Mitglieder meiner Familie das Gespenst gesehen haben sowie auch der Pfarrherr der Gemeinde, Ehrwür-den Augustus Dampier, graduiertes Mitglied des King's College in Cambridge. Nachdem der Herzogin jener Unglücksfall zugestoßen war, wollte keiner von der jüngeren Dienerschaft bei uns bleiben, und Lady Can-terville fand des Nachts häufig nur wenig Schlaf wegen der mysteriösen Geräusche, die vom Gang und aus der Bibliothek kamen.«

»Mylord«, erwiderte der Gesandte, »ich übernehme die Einrichtung und das Gespenst zum Taxpreis. Ich komme aus einem modernen Land, wo wir alles haben, was für Geld zu kaufen ist, und angesichts all unserer rührigen jungen Leute, die mit ihrer Unternehmungslust etwas Leben in die Alte Welt bringen und euch eure besten Schauspielerinnen und Primadonnen wegholen, denke ich mir, wenn es so etwas wie ein Gespenst in Europa gibt, dann haben wir es in kürzester Zeit zu Hause in einem unserer öffentlichen Museen oder als Sehenswürdigkeit einer Wanderschau.«

»Ich fürchte, das Gespenst existiert wirklich«, sagte Lord Canterville lächelnd, »wenn es vielleicht auch nicht auf die Angebote Ihrer tüchtigen Impresarien eingegangen ist. Es ist seit drei Jahrhunderten wohlbekannt, genaugenommen seit 1584, und erscheint stets vor dem Tode eines Mitglieds unserer Familie.«

»Nun, was das betrifft, macht es der Hausarzt genauso, Lord Canterville. Aber es gibt nichts Derartiges wie Gespenster, Sir, und die Naturgesetze werden sich der britischen Aristokratie zuliebe vermutlich nicht aufheben lassen.«

»Sie in Amerika sind gewiß sehr natürlich«, antwortete Lord Canterville, der Mr. Otis' letzte Bemerkung nicht ganz verstand, »und wenn es Ihnen nichts ausmacht, ein Gespenst im Hause zu haben, ist alles in Ordnung. Nur dürfen Sie nicht vergessen, daß ich Sie gewarnt habe.«

Wenige Wochen danach war der Kauf abgeschlossen, und gegen Ende der Saison begab sich der Gesandte mit seiner Familie nach Canterville Chase. Mrs. Otis war als Miss Lucretia R. Tappan, New York West, 53. Straße, eine gefeierte New Yorker Schönheit gewesen und jetzt eine sehr ansehnliche Frau mittleren Alters mit schönen Augen und einem herrlichen Profil. Viele amerikanische Damen geben sich, wenn sie ihr Heimatland verlassen, den Anschein chronischer Unpäßlichkeit, weil sie unter dem Eindruck stehen, das gehöre in Europa zur feinen Lebensart; in diesen Irrtum war jedoch Mrs. Otis nie verfallen. Sie besaß eine vortreffliche Konstitution und ein wirklich erstaunliches Maß an Lebensfreude. Unbestritten war sie in vieler Hinsicht durchaus englisch und ein hervorragendes Beispiel für die Tatsache, daß wir heute wahrhaftig alles mit Amerika gemeinsam haben, natürlich mit Ausnahme der Sprache. Ihr ältester Sohn, den die Eltern zu seinem ständigen Kummer in einer Anwandlung von Patriotismus auf den Namen Washington getauft hatten, war ein blonder, recht gut aussehender junger Mann, der sich für die amerikanische Diplomatie qualifiziert hatte, indem er im Gesellschaftshaus von Newport drei aufeinanderfolgende Sommer lang den Reigen eröffnete und selbst in London als vorzüglicher Tänzer bekannt war. Gardenien und die Pairswürde waren seine einzigen Schwächen. Im übrigen war er ungemein vernünftig. Miss Virginia E. Otis war ein kleines Mädchen von fünfzehn Jahren, biegsam und liebreizend wie ein Rehkälbchen und mit einem schönen Freimut in den großen blauen Augen. Sie war eine bewundernswerte Amazone und hatte eines Tages auf ihrem Pony ein Wettreiten mit dem alten Lord Bilton veranstaltet, das zweimal rund um den Park führte und das sie genau vor der Achillesstatue mit anderthalb Längen gewann – zur ungeheuren Begeisterung des jungen Herzogs von Cheshire, der ihr auf der Stelle einen Heiratsantrag machte und noch am selben Abend, in Tränen schwimmend, von seinen Vormündern nach Eton zurückgeschickt wurde. Nach Virginia kamen die Zwillinge, gewöhnlich ›das Sternenbanner‹ genannt, da sie ständig verbleut wurden und rote Striemen hatten. Sie waren reizende Buben und, abgesehen von dem trefflichen Gesandten, die einzigen wahren Republikaner in der Familie.

Da Canterville Chase sieben Meilen von Ascot, der nächsten Eisenbahnstation, entfernt liegt, hatte Mr. Otis nach einem Break telegraphiert, sie abzuholen, und frohgelaunt traten sie die Fahrt an. Es war ein wunderschöner Juliabend und die Luft erfüllt von dem köstlichen Wohlgeruch der Fichtenwälder. Hin und wieder hörten sie eine Holztaube, die über ihre eigene liebliche Stimme nachsann, oder sahen tief in dem raschelnden Farnkraut die brünierte Brust des Fasans. Kleine Eichhörnchen guckten von den Rotbuchen auf die Vorbeifahrenden, und die Kaninchen flohen, die weiße Blume in die Luft gereckt, durch das Dickicht und über die moosigen Hügel. Doch als der Wagen in die Allee von Canterville Chase einbog, wurde der Himmel plötzlich von Wolken verdunkelt, und eine seltsame Lautlosigkeit schien die Luft stillstehen zu lassen; ein großer Schwarm Krähen glitt unhörbar über die Köpfe hinweg, und ehe sie das Haus erreichten, waren schon ein paar dicke Regentropfen gefallen.

Auf der Freitreppe stand zu ihrem Empfang bereit eine alte Frau, schmuck in schwarze Seide gekleidet, mit weißer Haube und Schürze. Das war Mrs. Umney, die Haushälterin; Mrs. Otis hatte auf Lady Cantervilles inständige Bitte hin eingewilligt, sie in ihrer bisherigen Stellung zu behalten. Sie machte, als sie ausstiegen, vor jedem einen tiefen Knicks und sagte auf eine wunderliche, altmodische Art: »Ich entbiete Ihnen den Willkommensgruß in Canterville Chase.« Sie folgten ihr durch die schöne Tudorhalle in die Bibliothek, einen langen, niedrigen Raum mit einer Täfelung aus dunkler Eiche, an deren Ende sich ein großes Fenster aus buntem Glas befand. Hier fanden sie den Tee serviert, und nachdem sie sich ihrer Hüllen entledigt hatten, setzten sie sich und begannen Umschau zu halten, während Mrs. Umney sie bediente.

Plötzlich gewahrte Mrs. Otis genau neben dem Kamin einen dunkelroten Fleck auf dem Fußboden, und ohne zu ahnen, was er in Wahrheit zu bedeuten hatte, sagte sie zu Mrs. Umney: »Ich fürchte, da ist etwas vergossen worden.«

»Ja, Madam«, erwiderte die alte Haushälterin mit leiser Stimme, »Blut ist an der Stelle vergossen worden.«

»Wie gräßlich«, rief Mrs. Otis aus, »Blutflecke in einem Wohnraum mag ich ganz und gar nicht! Er muß sofort entfernt werden.«

Die alte Frau lächelte und antwortete mit derselben leisen, geheimnisvollen Stimme: »Es ist das Blut Lady Eleanores von Canterville, die 1575 genau an der Stelle von ihrem eigenen Gatten, Sir Simon von Canterville, ermordet wurde. Sir Simon überlebte sie um neun Jahre und verschwand plötzlich unter höchst rätselhaften Umständen. Sein Leichnam wurde nie entdeckt, aber sein schuldbeladener Geist geht immer noch im Schloß um. Der Blutfleck wurde von Touristen und anderen sehr bewundert und kann nicht entfernt werden.«

»Das ist lauter Unsinn«, rief Washington Otis, »Pinkertons Qualitäts-Fleckenentferner und -Intensivreiniger wird ihn im Handumdrehen beseitigen«, und ehe die entsetzte Haushälterin einschreiten konnte, hatte er sich auf die Knie niedergelassen und rieb den Fußboden mit einem kleinen Stift ab, der wie schwarze Schminke aussah. Wenige Augenblicke später war von dem Blutfleck keine Spur mehr zu sehen.

»Ich wußte, daß Pinkerton es schaffen würde!« rief er triumphierend und sah sich nach seiner staunenden Familie um; doch kaum hatte er diese Worte ausgesprochen, als ein gewaltiger Blitz den düsteren Raum erhellte und ein schrecklicher Donnerschlag alle von ihren Stühlen hob; Mrs. Umney fiel in Ohnmacht.

»Was für ein scheußliches Klima!« bemerkte gelassen der amerikanische Gesandte und zündete sich eine lange Manilazigarre an. »Vermutlich ist das alte England so übervölkert, daß sie nicht genügend anständiges Wetter für alle haben. Ich bin stets der Ansicht gewesen, daß Auswanderung für England das einzig Vernünftige ist.«

»Mein lieber Hiram«, rief Mrs. Otis, »was sollen wir mit einer Frau anfangen, die in Ohnmacht fällt?«

»Rechne es ihr wie zerschlagenes Geschirr an«, erwiderte der Gesandte, »dann wird sie nicht mehr in Ohnmacht fallen«, und tatsächlich kam Mrs. Umney wenige Augenblicke später zu sich. Dennoch stand außer Zweifel, daß sie im höchsten Grade beunruhigt war, und sie warnte Mr. Otis mit ernster Stimme, er möge auf der Hut sein, daß kein Kummer über das Haus käme.

»Ich habe mit eigenen Augen Dinge gesehen, Sir«, sagte sie, »daß sich jedem Christenmenschen die Haare sträuben würden, und viele, viele Nächte habe ich kein Auge zugetan wegen der furchtbaren Dinge, die hier geschehen.«

Mr. Otis und seine Frau versicherten der ehrlichen Seele jedoch energisch, daß sie sich nicht vor Gespenstern fürchteten, und nachdem die alte Haushälterin den Segen der Vorsehung auf ihre neue Herrschaft herabgefleht und eine Lohnerhöhung mit ihr vereinbart hatte, wankte sie davon in ihr eigenes Zimmer.

2

Das Unwetter tobte und wütete die ganze Nacht; aber sonst ereignete sich nichts von besonderer Bedeutung. Doch als sie am nächsten Morgen zum Frühstück herunterkamen, fanden sie den entsetzlichen Blutfleck abermals auf dem Fußboden. »Ich glaube nicht, daß es an dem Intensivreiniger liegen kann«, sagte Washington, »denn den habe ich an allem möglichen ausprobiert. Es muß das Gespenst sein.« Also beseitigte er den Fleck ein zweites Mal, aber am Morgen darauf war er wieder zum Vorschein gekommen. Auch am dritten Morgen war er da, obgleich Mr. Otis abends eigenhändig die Bibliothek abgeschlossen und den Schlüssel mit hinaufgenommen hatte. Die gesamte Familie war jetzt höchst interessiert; Mr. Otis kam der Verdacht, als sei es allzu starrsinnig von ihm gewesen, die Existenz von Gespenstern zu leugnen; Mrs. Otis gab ihre Absicht kund, dem Spiritistenverein beizutreten, und Washington verfaßte einen langen Brief an die Firma Myers und Podmore über die Hartnäckigkeit von Blutflecken in Verbindung mit Verbrechen. In dieser Nacht wurden alle Zweifel an der nachweisbaren Existenz von Geistererscheinungen für immer abgetan.

Der Tag war warm und sonnig gewesen, und in der Abendkühle verließ die ganze Familie das Haus zu einer Spazierfahrt. Erst gegen neun Uhr kamen sie heim und aßen eine leichte Abendmahlzeit. Die Unterhaltung drehte sich keineswegs um Gespenster, deshalb waren nicht einmal jene Grundvoraussetzungen für die aufnahmebereite Erwartung geschaffen, die so häufig der Wahrnehmung übersinnlicher Erscheinungen vorangeht. Die Gesprächsthemen, so erfuhr ich später von Mr. Otis, waren nur solcherart, wie sie unter gebildeten Amerikanern der höheren Klasse üblich sind: wie ungeheuer Miss Fanny Davenport als Schauspielerin Sarah Bernhardt überlegen sei; die Schwierigkeit, selbst in den besten englischen Häusern junge Maiskolben, Buchweizenfladen und Maisbrei zu bekommen; die Bedeutung Bostons für die Entwicklung der Weltseele; die Vorteile des Gepäckscheinsystems für Reisen mit der Eisenbahn und der angenehme Wohllaut der New Yorker Aussprache im Vergleich zu dem Londoner Silbenkauen. Mit keinem Wort wurde das Übernatürliche erwähnt oder auf Sir Simon von Canterville angespielt. Um elf Uhr zog sich die Familie zurück, und um halb zwölf war überall das Licht aus. Eine Weile später wurde Mr. Otis durch ein merkwürdiges Geräusch auf dem Gang vor seinem Zimmer geweckt. Es klang wie Klirren von Metall und schien mit jedem Augenblick näher zu kommen. Er stand sofort auf, zündete ein Streichholz an und sah nach, wie spät es sei. Es war Punkt ein Uhr. Er war ganz ruhig und fühlte sich den Puls, der durchaus nicht fieberhaft ging. Das sonderbare Geräusch hielt an, und gleichzeitig hörte er deutlich den Laut von Schritten. Er schlüpfte in seine Pantoffeln, nahm aus seinem Reisenecessaire ein längliches Fläschchen und öffnete die Tür. Genau vor sich erblickte er im bleichen Mondlicht einen abscheulich aussehenden alten Mann. Seine Augen waren rot wie glühende Kohlen, langes graues Haar fiel ihm in wirren Strähnen über die Schultern, seine Kleidung, von altertümlichem Schnitt, war beschmutzt und zerrissen, und von seinen Handgelenken und Fußknöcheln hingen schwere, rostige Fesseln.

»Verehrter Herr«, sagte Mr. Otis, »ich muß wirklich darauf dringen, daß Sie diese Ketten ölen und habe Ihnen zu diesem Zweck ein Fläschchen Tammany-Sonnenaufgang-Öl mitgebracht. Es soll bereits bei einmaliger Anwendung volle Wirkung erzielen, und auf der Hülle befinden sich mehrere diesbezügliche Gutachten von einigen Geistlichen, die zu den bedeutendsten unseres Landes gehören. Ich lege es Ihnen hier neben die Leuchter und werde Sie bei Bedarf gern mit weiteren versorgen.« Bei diesen Worten legte der Gesandte der Vereinigten Staaten das Fläschchen auf einen Marmortisch, schloß seine Tür und legte sich wieder ins Bett.

Einen Augenblick stand das Gespenst von Canterville völlig reglos vor aufrichtiger Empörung; dann schmetterte es die Flasche heftig auf den polierten Boden und floh den Gang hinunter, wobei es hohle Seufzer ausstieß und ein geisterhaft grünes Licht verströmte. Doch just als es den obersten Absatz der großen Eichentreppe erreichte, flog eine Tür auf, zwei kleine Gestalten in weißen Nachthemden erschienen, und ein großes Kissen pfiff an seinem Kopf vorbei. Es war offensichtlich keine Zeit zu verlieren, und indem es sich schleunigst der vierten Dimension als Fluchtweg bediente, verschwand es durch die Wandtäfelung, und im Hause wurde es still.

Als das Gespenst ein kleines Geheimgemach im linken Flügel erreicht hatte, lehnte es sich an einen Mondstrahl, um Atem zu holen, und versuchte sich über seine Lage klarzuwerden. Niemals in seiner glänzenden und ununterbrochenen Laufbahn durch drei Jahrhunderte war es so grob beleidigt worden. Es dachte an die Herzoginwitwe, die vor Schreck einen Anfall bekommen hatte, als sie in ihren Spitzen und Diamanten vor dem Spiegel stand; an die vier Hausmädchen, die in hysterische Schreikrämpfe verfallen waren, obwohl es sie doch nur durch die Bettvorhänge eines der Fremdenzimmer angegrinst hatte; an den Pfarrherrn der Gemeinde, dem es die Kerze ausblies, als er eines Abends spät aus der Bibliothek kam, und der seitdem bei Sir William Gull in Dauerbehandlung war, ein wahrer Märtyrer zerrütteter Nerven, und an die alte Madame de Tremouillac, die eines frühen Morgens erwacht war und ein Skelett erblickt hatte, das in einem Lehnstuhl am Kamin saß und ihr Tagebuch las; worauf sie mit Gehirnentzündung sechs Wochen das Bett hüten mußte, sich nach ihrer Genesung mit der Kirche aussöhnte und ihre Beziehung zu jenem berüchtigten Skeptiker Monsieur de Voltaire abbrach. Es erinnerte sich an die schreckliche Nacht, als der verruchte Lord Canterville dem Ersticken nahe an dem Karobuben, der ihm halb im Halse steckte, in seinem Ankleidezimmer gefunden wurde und angesichts seines Todes gestand, durch eben diese Karte Charles James Fox im Crockford-Club um fünfzigtausend Pfund geprellt zu haben, und schwur, er sei von dem Gespenst gezwungen worden, die Karte zu verschlingen. All seine großen Heldentaten kamen ihm wieder in den Sinn, angefangen von dem Butler, der sich in der Speisekammer erschoß, weil er eine grüne Hand an die Fensterscheibe hatte pochen sehen, bis zu der schönen Lady Stutfield, die notgedrungen stets ein schwarzes Samtband um den Hals tragen mußte, um die Male von fünf Fingern zu verbergen, die in ihre weiße Haut eingebrannt waren, und die sich schließlich in dem Karpfenteich am Ende der Königsallee ertränkte. Mit der schwärmerischen Selbstüberhebung des wahren Künstlers ging das Gespenst seine berühmtesten Darstellungen durch, und mit bitterem Lächeln gedachte es seines letzten Auftretens als ›Roter Ruben oder Der erwürgte Säugling‹, seines Debuts als ›Hagerer Gibeon, der Blutsauger vom Bexley-Moor‹ und des begeisterten Beifalls, den es an einem lieblichen Juniabend erntete, als es auf einem Tennisplatz bloß mit seinen eigenen Knochen kegelte. Und nach all dem sollten ein paar nichtswürdige moderne Amerikaner daherkommen und ihm Sonnenaufgang-Öl anbieten und ihm Kissen an den Kopf werfen! Es war einfach unerträglich. Nebenbei gesagt, war nie in der Geschichte ein Gespenst derartig behandelt worden. Folglich beschloß es, sich zu rächen, und blieb bis zum Tagesanbruch in einer Haltung tiefen Sinnens.

Als sich die Familie Otis am nächsten Morgen beim Frühstück zusammenfand, wurde recht ausführlich über das Gespenst gesprochen. Der Gesandte der Vereinigten Staaten war natürlich ein wenig verärgert, als er feststellte, daß seine Gabe verschmäht worden war. »Ich hege nicht das Verlangen, dem Gespenst eine persönliche Kränkung zuzufügen«, bemerkte er, »und ich muß sagen, daß ich es in Anbetracht seines langen Aufenthalts im Hause für keineswegs höflich halte, Kissen nach ihm zu werfen« – eine sehr zutreffende Bemerkung, über die jedoch die Zwillinge, wie ich leider zugeben muß, in jubelndes Gelächter ausbrachen. »Andrerseits«, fuhr er fort, »wenn es sich wirklich weigert, das Sonnenaufgang-Öl zu benutzen, werden wir ihm wohl seine Ketten abnehmen müssen. Bei einem solchen Lärm vor den Schlafzimmern dürfte es unmöglich sein, zur Ruhe zu kommen.«

Den Rest der Woche blieben sie jedoch ungestört; das einzige, was ihre Aufmerksamkeit erregte, war die ständige Erneuerung des Blutflecks auf dem Fußboden der Bibliothek. Das war höchst verwunderlich, weil Mr. Otis jeden Abend die Tür abschloß und die Fenster fest verriegelt hielt. Auch gab die chamäleonartige Färbung des Flecks Anlaß zu vielen Deutungen. An manchen Morgen war er dunkel (fast indischrot), dann wieder scharlachfarben oder von einem kräftigen Purpur, und einmal, als sie sich zum häuslichen Gebet nach den schlichten Bräuchen der amerikanischen Freien Reformierten Episkopalkirche versammelten, fanden sie ihn in leuchtendem Smaragdgrün. Dieser kaleidoskopartige Wechsel bereitete der Familie natürlich viel Vergnügen, und jeden Abend wurden zwanglos Wetten darüber abgeschlossen. Die einzige, die sich an dem Spaß nicht beteiligte, war die kleine Virginia, die der Anblick des Blutflecks aus irgendeinem unbekannten Grund stets betrübte und die an jenem Morgen, als er smaragdgrün war, fast geweint hätte.

Das zweite Mal erschien das Gespenst in der Sonntagnacht. Kurz nachdem alle zu Bett gegangen waren, wurden sie plötzlich durch einen fürchterlichen Krach in der Halle aufgeschreckt. Sie eilten hinunter und entdeckten, daß eine vollständige alte Rüstung von ihrem Gestell auf den Steinfußboden gefallen war, während das Gespenst von Canterville in einem hochlehnigen Armstuhl saß und sich mit einem Ausdruck heftiger Seelenpein die Knie rieb. Die Zwillinge, die ihre Blasrohre mitgebracht hatten, schossen sogleich zwei Kügelchen auf das Gespenst ab, und zwar mit einer Zielsicherheit, die man nur durch lange und sorgfältige Übung an einem Schreiblehrer erwerben kann, und der Gesandte der Vereinigten Staaten richtete seinen Revolver auf das Gespenst und forderte es nach guter kalifornischer Sitte auf, die Hände hochzuheben! Mit einem wilden Schrei der Wut sprang das Gespenst auf und fegte wie ein Nebel durch ihre Mitte, wobei es im Vorüberstreichen Washington Otis' Kerze auslöschte und sie in völliger Dunkelheit zurückließ. Als es den obersten Treppenabsatz erreicht hatte, fing es sich wieder und beschloß, in sein berühmtes dämonisches Gelächter auszubrechen. Das hatte es bei mehr als einer Gelegenheit als ungemein nützlich erkannt. Es hieß, Lord Rakers Perücke sei deswegen in einer einzigen Nacht ergraut, und ganz gewiß hatte es drei von Lady Cantervilles französischen Gouvernanten veranlaßt, fristlos zu kündigen. Also lachte es sein gräßlichstes Lachen, bis es von dem alten Deckengewölbe ein übers andere Mal widerhallte; doch kaum war das grausige Echo erstorben, da tat sich eine Tür auf, und Mrs. Otis trat in einem lichtblauen Morgenrock heraus. »Ich fürchte, Ihnen ist nicht recht wohl«, sagte sie, »deshalb bringe ich Ihnen eine Flasche Dr. Dobells Tropfen. Falls Sie an schlechter Verdauung leiden, werden Sie darin ein ganz vorzügliches Heilmittel finden.« Das Gespenst glotzte sie wütend an und machte sogleich Anstalten, sich in einen großen schwarzen Hund zu verwandeln, ein Kunststück, für das es mit Recht berühmt war und dem der Hausarzt die permanente Idiotie des Ehrenwerten Thomas Horton, Lord Cantervilles Onkel, zuschrieb. Das Geräusch näher kommender Schritte machte es jedoch unschlüssig in seinem grausamen Vorhaben; deshalb begnügte es sich damit, schwach zu phosphoreszieren, und verschwand mit einem tiefen Kirchhofsseufzer gerade in dem Augenblick, als die Zwillinge bei ihm angelangt waren.

In seiner Kammer brach es dann völlig zusammen, eine Beute der heftigsten Gemütsbewegung. Das pöbelhafte Benehmen der Zwillinge und der unfeine Materialismus dieser Mrs. Otis waren natürlich im höchsten Grade ärgerlich; am meisten brachte es jedoch wirklich zur Verzweiflung, daß es nicht imstande gewesen war, die Rüstung zu tragen. Es hatte gehofft, sogar moderne Amerikaner würden beim Anblick eines ›Geistes im

Harnisch‹ schaudern, wenn schon aus keinem vernünftigeren Grund, so doch wenigstens aus Achtung vor ihrem Nationaldichter Longfellow, über dessen anmutiger und reizvoller Poesie es selbst manch leidige Stunde verbracht hatte, wenn die Cantervilles in London waren. Noch dazu war es seine eigene Rüstung! Es hatte sie mit großem Erfolg bei dem Turnier von Kenilworth getragen und war deswegen von niemand Geringerem als der jungfräulichen Königin mit schmeichelhaften Komplimenten bedacht worden. Als es sie jedoch vorhin hatte anlegen wollen, war es von dem Gewicht des mächtigen Brustharnischs und der stählernen Sturmhaube völlig niedergedrückt worden und schwer auf den Steinboden gestürzt, wobei es sich heftig die Knie aufgeschlagen und die Knöchel zerschunden hatte.

Noch mehrere Tage danach fühlte sich das Gespenst schwerkrank und rührte sich kaum aus seinem Gemach, außer um den Blutfleck in geziemendem Zustand zu erhalten. Da es sich jedoch sehr in acht nahm, erholte es sich wieder und beschloß, ein drittes Mal zu versuchen, ob es dem Gesandten der Vereinigten Staaten und seiner Familie nicht einen Schreck einjagen könne. Es wählte für sein Erscheinen Freitag, den 17. August, und verbrachte den größten Teil dieses Tages damit, seine Garderobe zu prüfen, bis es sich schließlich für einen gewaltigen Schlapphut mit roter Feder, ein Leichenhemd mit Falbeln an Hals und Handgelenken und einen rostigen Dolch entschied. Gegen Abend ging ein heftiger Platzregen nieder, und der Wind blies so stark, daß alle Fenster und Türen in dem alten Haus rüttelten und klapperten. Das war allerdings genau das Wetter, das es liebte. Sein

Gefechtsplan war folgender: Es wollte lautlos in Washington Otis' Zimmer schleichen, ihm vom Fußende des Bettes kauderwelsches Zeug zuschnattern und sich zum Klang einer getragenen Musik dreimal den Dolch in die Kehle stoßen. Gegen Washington hegte es besonderen Groll, da ihm völlig klar war, daß dieser den berühmten Blutfleck von Canterville durch Pinkertons Intensivreiniger zu entfernen pflegte. Wenn es den rücksichtslosen und dummdreisten Jüngling in einen Zustand elendiglichen Grausens versetzt hatte, wollte es weitergehen zu dem Zimmer, das der Gesandte der Vereinigten Staaten und seine Frau innehatten, und dort eine feuchtkalte Hand auf Mrs. Otis' Stirn legen, während es ihrem zitternden Gatten die gräßlichsten Geheimnisse des Beinhauses ins Ohr zischte. Hinsichtlich der kleinen Virginia war es noch zu keinem Entschluß gekommen. Es war von ihr nie auf irgendeine Weise beleidigt worden, und sie war hübsch und freundlich. Ein paar hohle Seufzer aus dem Kleiderschrank hielt es für mehr als ausreichend, und wenn sie das nicht weckte, könnte es vielleicht mit krampfhaft zuckenden Fingern an ihrer Bettdecke krabbeln. Was die Zwillinge betraf, so war es fest entschlossen, ihnen eine Lehre zu erteilen. Zunächst mußte es sich ihnen natürlich auf die Brust setzen, um das erstickende Gefühl eines Alpdrucks hervorzurufen. Dann wollte es sich, da ihre Betten dicht nebeneinander standen, in der Gestalt eines grünen, eiskalten Leichnams zwischen ihnen aufpflanzen, bis sie vor Furcht gelähmt waren, und schließlich das Sterbehemd abwerfen und mit weißgebleichten Knochen und einem rollenden Augapfel als ›Stummer Daniel oder Das Skelett des

Selbstmörders‹ im Zimmer herumkriechen, eine Rolle, in der es bei mehr als einer Gelegenheit eine große Wirkung erzielt hatte und die seiner Meinung nach jener berühmten als ›Martin der Wahnsinnige oder Das maskierte Geheimnis‹ völlig gleichkam.

Um halb elf hörte es die Familie zu Bett gehen. Eine Zeitlang wurde es noch durch das ungestüme Gelächter der Zwillinge gestört, die sich mit der sorglosen Heiterkeit von Schulbuben augenscheinlich noch vergnügten, ehe sie sich zur Ruhe legten; aber um Viertel zwölf war alles still, und als es Mitternacht tönte, machte sich das Gespenst auf den Weg. Die Eule schlug an die Fensterscheiben, der Rabe krächzte aus der alten Eibe, und der Wind fuhr klagend wie eine verlorene Seele um das Haus; doch die Familie Otis schlief und ahnte nichts von ihrem Schicksal, und lauter als Regen und Sturm konnte das Gespenst das regelmäßige Schnarchen des Gesandten der Vereinigten Staaten vernehmen. Verstohlen trat es aus der Wandtäfelung, ein böses Lächeln um den grausamen, verrunzelten Mund, und der Mond verbarg sein Gesicht in einer Wolke, als es sich an dem großen Erker vorbeischlich, wo sein Wappen und das seines ermordeten Weibes in Azur und Gold gemalt waren. Weiter und weiter glitt es wie ein verruchter Schatten, selbst die Dunkelheit schien vor ihm zurückzubeben. Einmal glaubte es rufen zu hören und blieb stehen, aber es war nur das Gebell eines Hundes vom Roten Pachtgut, und es ging weiter, wobei es seltsame Flüche aus dem sechzehnten Jahrhundert brabbelte und hin und wieder mit dem rostigen Dolch durch die mitternächtliche Luft fuhr. Endlich erreichte es die Ecke des Korridors, der zu dem Zimmer des unseligen Washington führte. Hier hielt es einen Augenblick inne, während ihm der Wind die langen grauen Locken um den Kopf wehte und den unsäglichen Greuel des Totenhemds zu grotesken und phantastischen Falten wand. Dann schlug die Uhr ein Viertel, und es fühlte, daß seine Zeit gekommen war. Es kicherte vor sich hin und ging um die Ecke; doch kaum hatte es das getan, da fuhr es mit einem jammervollen Klagelaut zurück und verbarg das gebleichte Gesicht in den langen Knochenhänden. Genau vor ihm stand ein gräßliches Gespenst, reglos wie eine gemeißelte Bildsäule und mißgestalt wie der Traum eines Wahnsinnigen! Sein Kopf war kahl und blank poliert, sein Gesicht rund und feist und weiß, und ein abscheuliches Lachen schien seine Züge zu ewigem Grinsen verzerrt zu haben. Aus den Augen schossen Strahlen scharlachroten Lichts, der Mund war ein weit offenes Feuerloch, und ein widerwärtiges Gewand, seinem eigenen gleich, umhüllte mit seinen lautlosen Schneemassen die Titanengestalt. Auf der Brust trug es ein Plakat mit sonderbarer Schrift in altertümlichen Lettern, ein Verzeichnis der Schande, wie es schien, ein Bericht über schauervolle Sünden, eine furchtbare Liste von Verbrechen, und in der Rechten hielt es hocherhoben ein Schwert von schimmerndem Stahl.

Da das Gespenst nie zuvor ein Gespenst gesehen hatte, bekam es natürlich einen fürchterlichen Schreck, und nachdem es einen zweiten, hastigen Blick auf die grausige Erscheinung geworfen hatte, floh es zurück in sein Zimmer, wobei es, als es den Gang hinuntereilte, ständig über sein langes Leichenhemd stolperte und schließlich den rostigen Dolch in die Stiefel des Gesandten fallen ließ, wo er morgens von dem Butler gefunden wurde. Endlich wieder in der Abgeschiedenheit seines Gemachs, warf es sich auf ein schmales Feldbett und verbarg das Gesicht unter den Decken. Doch eine Weile später siegte der wackere alte Cantervillegeist, und das Gespenst beschloß, sobald der Tag anbrach, hinzugehen und mit dem anderen Gespenst zu reden. Folglich kehrte es, als eben der Dämmerschein die Hügel mit Silber überhauchte, zu der Stelle zurück, wo sein Blick auf das greuliche Phantom gefallen war, weil es trotz allem das Gefühl hatte, zwei Gespenster wären besser als eines und mit Hilfe seines neuen Freundes werde es unbeschadet mit den Zwillingen fertig werden. Doch als es die Stelle erreichte, bot sich ihm ein entsetzlicher Anblick. Offensichtlich war dem Gespenst etwas zugestoßen, denn aus seinen hohlen Augen war das Licht geschwunden, das schimmernde Schwert war ihm aus der Hand gefallen, und es lehnte in einer gezwungenen und unbequemen Haltung an der Wand. Das Gespenst von Canterville stürzte vor und umschlang das andere, worauf zu seinem Entsetzen der Kopf abfiel und zu Boden rollte, der Rumpf einsackte, und das Gespenst von Canterville entdeckte, daß es einen Bettvorhang aus weißem Baumwollstoff im Arm hielt und zu seinen Füßen ein Besen, ein Hackmesser und eine ausgehöhlte Rübe lagen! Unfähig, diese merkwürdige Verwandlung zu begreifen, riß es in fieberhafter Hast das Plakat an sich und las darauf im grauen Morgenlicht die furchtbaren Worte:

Wir, das Gespenst der Otis,
Wir, der einzig echte Originalspuk.
Vor Nachahmungen wird gewarnt,
Alle anderen sind gefälscht!

Blitzartig wurde ihm die ganze Sache klar. Es war hinters Licht geführt, geprellt und übertölpelt worden! Der alte Cantervilleblick kam in seine Augen, es knirschte mit den zahnlosen Gaumen, und während es seine verdorrten Hände hoch über den Kopf hob, schwur es in der bildhaften Ausdrucksweise der alten Schule, wenn Chanticleer zum zweitenmal in sein munteres Horn gestoßen habe, würden blutige Taten geschehen und auf leisen Sohlen werde der Mord umgehen.

Kaum hatte es diesen gräßlichen Schwur beendet, da krähte auch schon ein Hahn von dem roten Ziegeldach eines entfernten Gehöfts. Das Gespenst lachte ein langes und tiefes, bitteres Lachen und wartete. Stunde um Stunde wartete es, aber aus irgendeinem merkwürdigen Grunde krähte der Hahn kein zweites Mal. Schließlich, um halb acht, sah es sich durch das Nahen der Hausmädchen veranlaßt, seine grausige Wache aufzugeben, und schlich in sein Gemach zurück, wobei seine Gedanken um die trügerische Hoffnung und das vereitelte Vorhaben kreisten. Es zog mehrere Bücher über das alte Rittertum zu Rate, die es über alles liebte, und stellte fest, daß noch bei jeder Gelegenheit, da sein Schwur getan worden war, Chanticleer ein zweites Mal gekräht hatte. »Verderben komme über den nichtsnutzigen Vogel«, murmelte es, »ich habe den Tag erlebt, da ich ihm meinen wackeren Speer durch die Kehle gerannt hätte, auf daß er für mich krähte, sei's auch im Tode!« Darauf legte es sich in einem komfortablen Bleisarg zur Ruhe und blieb dort bis zum Abend.

4

Am folgenden Tag war das Gespenst sehr schwach und müde. Die schrecklichen Aufregungen der letzten vier Wochen begannen ihre Wirkung zu zeigen. Seine Nerven waren völlig zerrüttet, und bei dem leisesten Geräusch fuhr es vor Schreck zusammen. Fünf Tage blieb es in seinem Gemach und entschloß sich am Ende, die Sache mit dem Blutfleck auf dem Fußboden der Bibliothek aufzugeben. Wenn die Familie Otis ihn nicht wünschte, verdiente sie ihn einfach nicht. Offenbar waren sie Leute einer niederen, materiellen Lebenssphäre und völlig außerstande, den Symbolwert sensualistischer Phänomene zu würdigen. Die Frage der Geistererscheinungen und das Entstehen von Astralleibern war natürlich eine ganz andere Sache und lag wahrhaftig nicht in seiner Macht. Es war seine feierliche Pflicht, einmal wöchentlich im Korridor zu erscheinen und am ersten und dritten Mittwoch jeden Monats aus dem großen Erker hervor Kauderwelsch zu brabbeln, und es sah keine Möglichkeit, wie es sich diesen Verbindlichkeiten auf ehrenvolle Weise entziehen könnte. Gewiß hatte es ein sehr arges Leben geführt, doch andrerseits war es in allen Dingen, die mit dem Übernatürlichen zusammenhingen, ungemein gewissenhaft. Folglich ging es an den nächsten drei Sonnabenden wie üblich zwischen Mitternacht und drei Uhr früh durch den Korridor, wobei es jede nur erdenkliche Vorsicht walten ließ, weder gehört noch gesehen zu werden. Es zog sich die Stiefel aus, trat so leicht wie nur möglich auf die alten, wurmzerfressenen Dielen, trug einen weiten schwarzen Samtmantel und ließ es sich angelegen sein, mit dem Sonnenaufgang-Öl seine Ketten zu schmieren. Ich muß allerdings zugeben, daß es sich nur mit großem Widerstreben dazu verstand, die letztgenannte Schutzmaßnahme zu ergreifen. Dennoch schlich es eines Abends, als die Familie beim Essen saß, in Mr. Otis' Schlafzimmer und holte sich die Flasche. Zunächst fühlte es sich etwas gedemütigt, doch später war es vernünftig genug, einzusehen, daß sich viel zugunsten der Erfindung sagen ließ, und bis zu einem gewissen Grade kam sie seiner Absicht entgegen. Doch ungeachtet all dessen blieb es nicht unbehelligt. Ständig waren quer durch den Gang Bindfäden gespannt, über die es im Dunkeln stolperte, und einmal, als es für die Rolle des ›Schwarzen Isaak oder Der Jäger vom Hogleywald‹ gekleidet war, erlitt es einen schweren Sturz, weil es auf eine Butterrutschbahn getreten war, die die Zwillinge von der Tür des Gobelinzimmers bis zum obersten Absatz der Eichentreppe angelegt hatten. Diese letzte Kränkung brachte es dermaßen in Wut, daß es sich zu einem letzten Versuch entschloß, seine Würde und seine gesellschaftliche Stellung zu behaupten und die unverschämten jungen Etonschüler nachts darauf in seiner berühmten Rolle als ›Rupert der Rücksichtslose oder Der Graf ohne Kopf‹ heimzusuchen.

In dieser Verkleidung war es mehr als siebzig Jahre nicht mehr aufgetreten, tatsächlich nicht, seit es die reizende Lady Barbara Modish dadurch so sehr erschreckt hatte, daß sie plötzlich ihre Verlobung mit dem Großvater des jetzigen Lords Canterville löste, mit dem hübschen Jack Castleton nach Gretna Green durchbrannte und erklärte, nichts auf der Welt werde sie dazu bewegen, in eine Familie einzuheiraten, die einem so gräßlichen Gespenst erlaube, in der Morgendämmerung auf der Terrasse hin und her zu spazieren. Der arme Jack wurde später in einem Duell auf dem Gemeindeanger des Vororts Wandsworth von Lord Canterville erschossen, und Lady Barbara starb, ehe das Jahr um war, in Turnbridge Wells an gebrochenem Herzen, so daß es in jeder Hinsicht ein großer Erfolg gewesen war. Allerdings war es ein überaus mühevolles ›Make-up‹, wenn ich einen Theaterausdruck in Verbindung mit einem der größten Geheimnisse der übernatürlichen oder, um mich wissenschaftlicher auszudrücken, der supernaturalistischen Welt anwenden darf, und es nahm drei volle Stunden in Anspruch, die Vorbereitungen zu treffen. Endlich war alles fertig, und das Gespenst war überaus angetan von seinem Äußeren. Die mächtigen ledernen Reitstiefel, die zu dem Kostüm gehörten, waren ihm ein wenig zu groß, und es konnte nur eine der beiden Sattelpistolen finden, aber alles in allem war es durchaus zufrieden, und um Viertel zwei glitt es aus der Wandtäfelung und schlich den Gang entlang. Als es das Zimmer der Zwillinge erreichte, das, wie ich erwähnen sollte, nach der Farbe seiner Tapeten das ›blaue Schlafzimmer‹ hieß, fand es die Tür nur angelehnt. Da es sich einen wirkungsvollen Auftritt zu verschaffen wünschte, stieß es die Tür weit auf, und herab fiel ein schwerer Krug

Wasser, durchnäßte es bis auf die Haut und sauste um ein Haar an seiner linken Schulter vorbei. Im selben Augenblick vernahm es unterdrücktes Gelächter aus dem Zwillingsbett. Das war ein so schwerer Schock für sein Nervensystem, daß es so schnell wie nur möglich in sein Gemach flüchtete und den nächsten Tag mit einer heftigen Erkältung darniederlag. Der einzig tröstliche Umstand bei der ganzen Sache war, daß es seinen Kopf nicht mitgenommen hatte, denn in dem Fall hätte es sehr ernste Folgen für ihn haben können.

Es gab nun alle Hoffnung auf, dieser ungesitteten amerikanischen Familie jemals einen Schrecken einjagen zu können, und begnügte sich in der Regel damit, in Filzpantoffeln die Gänge entlangzuschleichen, einen dicken roten Schal um den Hals, aus Angst vor Zugluft, und mit einer kleinen Arkebuse, für den Fall, daß es von den Zwillingen angegriffen würde. Den entscheidenden Schlag erhielt es am 19. September. Es war in die große Eingangshalle hinuntergegangen, weil es sich dort zumindest vor Belästigungen sicher fühlte, und vertrieb sich die Zeit mit bissigen Bemerkungen über die gewaltigen Saroni-Photographien des Gesandten der Vereinigten Staaten und seiner Gattin, die jetzt die Stelle der Familiengemälde derer von Canterville eingenommen hatten. Es war schlicht, aber gefällig in ein langes, mit Friedhofserde getüpfeltes Sterbehemd gekleidet, hatte sich die Kinnlade mit einem gelben Leinenstreifen hochgebunden und trug eine kleine Laterne und einen Totengräberspaten. In der Tat war es für die Rolle als ›Jonas der Unbegrabene oder Der Leichenräuber von Chertsey Barn‹ angezogen, eine seiner bemerkenswertesten Darstellungen, und zudem eine, die den Cantervilles allen Anlaß gab, sich daran zu erinnern, da sie den wahren Ursprung ihres Zwistes mit Lord Rufford, ihrem Nachbarn, bildete. Es war etwa Viertel drei Uhr früh, und soweit das Gespenst feststellen konnte, rührte sich niemand. Doch als es in die Bibliothek schlurfte, um nachzusehen, ob noch irgendeine Spur von dem Blutfleck zurückgeblieben war, sprangen plötzlich aus einem dunklen Winkel zwei Gestalten hervor, die wild mit den Armen über den Köpfen herumfuchtelten und ihm ›Buh!‹ ins Ohr brüllten.

Von Panik ergriffen, was unter den gegebenen Umständen nur allzu natürlich war, sauste es der Treppe zu, wo es jedoch Washington Otis mit der großen Gartenspritze auf seinem Posten fand, und da sich das Gespenst nun überall von seinen Feinden eingeschlossen und fast gestellt sah, verschwand es in dem großen eisernen Ofen, der zum Glück nicht geheizt war, und mußte durch Feuerkanäle und Rauchfänge den Rückweg zu seinem Gemach nehmen, wo es in einem entsetzlichen Zustand von Schmutz, Zerrüttung und Trostlosigkeit anlangte.

Danach wurde es nicht wieder bei einem nächtlichen Unternehmen gesehen. Die Zwillinge lauerten ihm mehrmals auf und streuten zum großen Verdruß ihrer Eltern und der Dienstboten jeden Abend Nußschalen in die Gänge, doch ohne Erfolg. Ganz offensichtlich waren seine Gefühle so verletzt, daß es nicht mehr erscheinen wollte. Also machte sich Mr. Otis wieder an sein großes Werk über die Geschichte der Demokratischen Partei, mit dem er sich bereits etliche Jahre beschäftigte; Mrs.

Otis organisierte ein wunderhübsches Fest, das amerikanische ›Muschelbacken‹, das die ganze Grafschaft in Staunen versetzte; die Buben vertrieben sich die Zeit mit Lacrosse, Euchre, Poker und anderen amerikanischen Nationalspielen, und Virginia ritt auf ihrem Pony durch die Gegend, begleitet von dem jungen Herzog von Cheshire, der die letzte Woche seiner Ferien in Canterville Chase verbrachte. Es wurde allgemein angenommen, das Gespenst habe das Haus verlassen, und Mr. Otis schrieb tatsächlich einen entsprechenden Brief an Lord Canterville, der in seinem Antwortschreiben seiner großen Freude über die Nachricht Ausdruck verlieh und der hochgeschätzten Gattin des Gesandten seine besten Glückwünsche übermittelte.

Gleichwohl irrte sich die Familie Otis, denn das Gespenst weilte noch im Hause, und wenn jetzt auch nahezu ein Invalide, war es doch keineswegs gewillt, die Dinge ruhen zu lassen, noch dazu, als es vernahm, daß sich unter den Gästen der junge Herzog von Cheshire befand, dessen Großonkel, Lord Francis Stilton, einst mit Oberst Carbury um hundert Guineen gewettet hatte, er werde mit dem Gespenst von Canterville würfeln, und der am nächsten Morgen in einem so hilflosen, gelähmten Zustand auf dem Boden des Spielzimmers gefunden wurde, daß er, obgleich er ein hohes Alter erreichte, nie mehr imstande war, etwas anderes zu sagen als ›Zweimal Sechs‹. Die Geschichte war zu jener Zeit überall bekannt geworden, obgleich natürlich mit Rücksicht auf die Gefühle der beiden vornehmen Familien alles versucht wurde, sie zu vertuschen, und einen ausführlichen Bericht über alle damit verbundenen Umstände findet man im dritten Band von Lord Tattles ›Erinnerungen an den Prinzregenten und seine Freunde‹. Dem Gespenst lag natürlich viel daran, zu beweisen, daß es seine Macht über die Stiltons nicht eingebüßt hatte, mit denen es freilich entfernt verwandt war, da seine Cousine ersten Grades in zweiter Ehe mit dem Sieur de Bulkeley verheiratet gewesen war, von dem, wie jeder weiß, die Herzöge von Cheshire in gerader Linie abstammen. Folglich traf es Vorbereitungen, Virginias kleinem Verehrer in seiner berühmten Rolle als ›Der Vampirmönch oder Der blutlose Benediktiner‹ zu erscheinen, eine so grauenvolle Darstellung, daß die alte Lady Startup bei ihrem Anblick in jener verhängnisvollen Silbersternacht des Jahres 1764 in ein ohrenbetäubendes, gellendes Geschrei ausbrach, das in einem heftigen Schlaganfall gipfelte, und drei Tage später starb, nachdem sie die Cantervilles, ihre nächsten Verwandten, enterbt und ihr gesamtes Geld ihrem Londoner Apotheker vermacht hatte.

Im letzten Augenblick hielt jedoch das Entsetzen vor den Zwillingen das Gespenst davon ab, den Raum zu verlassen, und der kleine Herzog schlief friedlich unter dem mächtigen, mit Federbüschen besteckten Betthimmel des königlichen Schlafgemachs und träumte von Virginia.

5

Ein paar Tage später ritten Virginia und ihr Kavalier mit dem Lockenhaar über die Brockleywiesen, wo sich Virginia bei dem Versuch, eine Hecke zu nehmen, so arg ihr

Reitkleid zerriß, daß sie sich, daheim angelangt, dafür entschied, über die Hintertreppe hinaufzugehen, damit sie nicht gesehen werde. Als sie an dem Gobelinzimmer vorbeilief, dessen Tür zufällig offenstand, glaubte sie darin jemanden wahrzunehmen, und da sie meinte, es sei die Zofe ihrer Mutter, die sich zuweilen mit ihrer Arbeit dort niederließ, schaute sie hinein und wollte sie bitten, ihr Reitkleid auszubessern. Doch zu ihrer ungeheuren Überraschung war es das Gespenst von Canterville! Es saß am Fenster und beobachtete, wie das zerstörte Gold der gelb gewordenen Bäume durch die Luft flog und die roten Blätter übermütig durch die lange Allee tanzten. Sein Kopf ruhte in der Hand, und seine ganze Haltung drückte tiefe Niedergeschlagenheit aus. Es sah wahrhaftig so verloren und hinfällig aus, daß die kleine Virginia, deren erster Gedanke gewesen war, fortzulaufen und sich in ihrem Zimmer einzuschließen, von Mitleid erfüllt wurde und es zu trösten beschloß. So leicht war ihr Schritt und so tief seine Schwermut, daß es ihrer nicht gewahr wurde, bis sie zu ihm sprach.

»Sie tun mir so leid«, sagte sie, »aber meine Brüder fahren morgen wieder nach Eton, und dann wird Sie keiner mehr ärgern, wenn Sie sich gesittet benehmen.«

»Es ist absurd, von mir zu fordern, ich solle mich gesittet benehmen«, antwortete das Gespenst, während es sich erstaunt nach dem hübschen Mädchen umsah, das gewagt hatte, es anzureden, »völlig absurd. Ich muß mit meinen Ketten rasseln und durch Schlüssellöcher seufzen und des Nachts umherwandern, wenn Sie das meinen. Das ist meine einzige Daseinsberechtigung.«

»Das ist überhaupt keine Daseinsberechtigung, und

Sie wissen, daß Sie sehr böse gewesen sind. Mistress Umney hat uns am Tag unserer Ankunft erzählt, daß Sie Ihre Frau umgebracht haben.«

»Nun ja, das gebe ich zu«, erwiderte das Gespenst verdrossen, »aber das war eine reine Familienangelegenheit und ging niemanden sonst etwas an.«

»Es ist sehr unrecht, jemanden umzubringen«, sagte Virginia, die mitunter einen hinreißenden puritanischen Ernst an sich hatte, der das Erbteil irgendeines Neuengland-Ahnen war.

»Oh, ich hasse die wohlfeile Strenge abstrakter Moral! Mein Weib war sehr unansehnlich, stärkte mir nie die Halskrausen, wie es sich gehört, und hatte vom Kochen keine Ahnung. Im Hogleywald hatte ich mal einen Rehbock geschossen, einen kapitalen Spießer, und wissen Sie, wie sie den auf den Tisch brachte? Wie dem auch sei, das ist jetzt gleichgültig, denn das ist alles vorbei, und ich finde es nicht sehr nett von Ihren Brüdern, mich darben zu lassen, wenn ich auch dreist meine Frau umgebracht habe.«

»Sie darben zu lassen? Oh, Mister Gespenst, ich meine, Mister Simon, sind Sie hungrig? Ich habe ein Butterbrot in der Tasche. Möchten Sie es haben?«

»Nein, danke, ich esse jetzt nie etwas; aber es ist trotzdem sehr freundlich von Ihnen, und Sie sind viel netter als alle andern Ihrer gräßlichen, rüden, vulgären und unredlichen Familie.«

»Halt!« rief Virginia und stampfte mit dem Fuß auf. »Sie sind es, der gräßlich und rüde und vulgär ist, und was die Unredlichkeit betrifft, so wissen Sie genau, daß Sie mir die Farben aus dem Malkasten gestohlen haben, um den lächerlichen Blutfleck in der Bibliothek zu erneuern. Zuerst haben Sie mir alles Rot, sogar Zinnober, genommen, und ich konnte keine Sonnenuntergänge mehr malen; dann nahmen Sie Smaragdgrün und Chromgelb, und schließlich hatte ich nur noch Indigo und Weiß und konnte nur noch Mondscheinlandschaften malen, die immer so deprimierend anzuschauen und durchaus nicht leicht zu malen sind. Ich habe Sie niemals verraten, obwohl ich sehr ärgerlich war und die ganze Sache im höchsten Grade lächerlich, denn wer hat je von smaragdgrünem Blut gehört?«

»Nun freilich«, bemerkte das Gespenst etwas verlegen, »aber was sollte ich tun? Es ist heutzutage sehr schwer, echtes Blut zu bekommen, und da Ihr Bruder die ganze Sache mit seinem Intensivreiniger angefangen hatte, sah ich wirklich keinen Grund, warum ich nicht Ihre Malfarben nehmen sollte. Denn Farbe ist stets eine Geschmackssache; die Cantervilles haben zum Beispiel blaues Blut, das blaueste von ganz England, aber ich weiß, daß ihr Amerikaner euch um solche Dinge nicht schert.«

»Davon wissen Sie überhaupt nichts, und am besten wäre es, Sie wanderten aus und lernten etwas dazu. Mein Vater wird nur allzu glücklich sein, Ihnen die Überfahrt zu bezahlen, und obgleich auf jederlei Geistigem ein hoher Zoll liegt, wird es keine Schwierigkeiten geben, da die Zollbeamten alle Demokraten sind. Und sind Sie erst einmal in New York, ist Ihnen bestimmt ein großer Erfolg gewiß. Ich kenne eine Menge Leute, die hunderttausend Dollar hergeben würden, um einen Großvater zu besitzen, und noch viel mehr für ein Familiengespenst.«

»Ich glaube, mir würde Amerika nicht gefallen.«

»Vermutlich weil wir keine Trümmer und keine Sehenswürdigkeiten haben«, bemerkte Virginia spöttisch.

»Keine Trümmer? Keine Sehenswürdigkeiten?« entgegnete das Gespenst. »Sie haben doch Ihre Flotte und Ihre Umgangsformen.«

»Guten Abend, ich werde Papa bitten, daß er den Zwillingen noch eine zusätzliche Woche Ferien verschafft.«

»Bitte gehen Sie nicht, Miss Virginia«, rief das Gespenst, »ich bin so einsam und so unglücklich, und ich weiß wirklich nicht, was ich tun soll. Ich möchte schlafen und kann es nicht.«

»Das ist völliger Unsinn! Sie brauchen nur ins Bett zu gehen und die Kerze auszupusten. Es ist manchmal sehr schwer, wach zu bleiben, vor allem in der Kirche, aber Schlafen ist doch überhaupt nicht schwierig. Sogar Babys können das, und die sind ja nicht sehr gescheit.«

»Ich habe seit dreihundert Jahren nicht mehr geschlafen«, erwiderte das Gespenst traurig, und Virginias schöne blaue Augen weiteten sich vor Staunen, »seit dreihundert Jahren habe ich nicht mehr geschlafen, und ich bin so müde.«

Virginia wurde ganz ernst, und ihre kleinen Lippen zitterten wie Rosenblätter. Sie trat zu ihm, kniete neben ihm nieder und blickte empor in sein altes, welkes Gesicht.

»Armes, armes Gespenst«, murmelte sie, »haben Sie kein Fleckchen, wo Sie schlafen können?«

»Weit hinter den Fichtenwäldern«, antwortete es mit leiser, träumerischer Stimme, »liegt ein kleiner Garten.

Dort wächst das Gras lang und dicht, dort leuchten die großen weißen Sterne des Schierlings, dort singt die Nachtigall die ganze Nacht. Die ganze Nacht singt sie, und der kalte, kristallene Mond schaut hernieder, und die Eibe breitet ihre riesigen Arme über die Schläfer.«

Virginias Augen trübten sich von Tränen, und sie barg ihr Gesicht in den Händen.

»Sie meinen den Garten des Todes«, flüsterte sie.

»Ja, des Todes. Tod muß so schön sein. In der weichen braunen Erde liegen, während über unserm Kopf das Gras wogt, und der Stille lauschen. Kein Gestern haben und kein Morgen. Die Zeit vergessen, dem Leben verzeihen, in Frieden sein. Sie können mir helfen. Sie können mir die Pforten zum Haus des Todes öffnen, denn an Ihrer Seite ist stets die Liebe, und die Liebe ist stärker als der Tod.«

Virginia zitterte, ein kalter Schauer durchrann sie, und eine kleine Weile herrschte Schweigen.

Dann sprach das Gespenst wieder, und seine Stimme klang wie das Seufzen des Windes.

»Haben Sie je die alte Prophezeiung am Fenster der Bibliothek gelesen?«

»Oh, oft«, rief das kleine Mädchen und schaute hoch, »ich kenne sie sehr gut. Sie ist in merkwürdigen schwarzen Buchstaben gemalt und schwer zu lesen. Sie hat nur sechs Zeilen:

> Entringt ein Mägdlein voll Unschuld und Treu
> Sünderlippen Gebete der Reu,
> Steht der dürre Mandelbaum in Blüte,
> Vergießet ein Kindlein Tränen der Güte,

Dann wird es im ganzen Hause still,
Und Friede zieht ein in Canterville.

Aber ich weiß nicht, was das bedeutet.«

»Es bedeutet«, sagte es traurig, »daß Sie um meiner Sünden willen für mich weinen müssen, weil ich keine Tränen habe, und mit mir für meine Seele beten müssen, weil ich keinen Glauben habe, und wenn Sie immerdar lieb und gut und freundlich gewesen sind, dann wird der Engel des Todes Erbarmen mit mir haben. Sie werden im Dunkeln schreckliche Gestalten erblicken, und böse Stimmen werden Ihnen ins Ohr raunen, aber sie werden Ihnen nichts zuleide tun, denn gegen die Reinheit eines Kindleins können sich die Mächte der Hölle nicht behaupten.«

Virginia gab keine Antwort, und das Gespenst rang die Hände in wilder Verzweiflung, während es auf ihren geneigten goldblonden Kopf niedersah. Plötzlich stand sie auf, sehr blaß und mit einem ungewöhnlichen Leuchten in den Augen. »Ich fürchte mich nicht«, sagte sie entschlossen, »und ich werde den Engel bitten, sich Ihrer zu erbarmen.«

Mit einem schwachen Freudenschrei erhob es sich von seinem Sitz, beugte sich mit altmodischer Grazie über ihre Hand und küßte sie. Seine Finger waren kalt wie Eis, und seine Lippen brannten wie Feuer, aber Virginia wankte nicht, als das Gespenst sie durch den dämmrigen Raum führte. Auf die verschossene grüne Wandbekleidung waren kleine Jäger gestickt. Sie bliesen auf ihren mit Quasten geschmückten Hörnern und winkten ihr mit ihren winzigen Händchen, umzukehren. »Kehr um, kleine Virginia!« riefen sie. »Kehr um!« Doch das Gespenst umklammerte ihre Hand noch fester, und sie verschloß die Augen gegen die kleinen Jäger. Gräßliche Tiere mit Eidechsenschwänzen und Glotzaugen blinzelten sie von dem gemeißelten Kaminsims an und wisperten: »Hüte dich, kleine Virginia! Hüte dich! Vielleicht werden wir dich nie wiedersehen«, aber das Gespenst glitt rascher dahin, und Virginia hörte nicht zu. Am Ende des Raumes blieb es stehen und murmelte einige Worte, die sie nicht verstehen konnte. Sie öffnete die Augen und sah die Wand langsam wie einen Nebeldunst schwinden und vor sich eine weite schwarze Höhle. Ein bitterkalter Wind fegte um sie, und sie spürte etwas an ihrem Kleid zerren. »Schnell, schnell«, rief das Gespenst, »sonst ist es zu spät.« Und im Nu hatte sich die Wandtäfelung hinter ihnen geschlossen, und das Gobelinzimmer war leer.

6

Etwa zehn Minuten später läutete es zum Tee, und als Virginia nicht herunterkam, schickte Mrs. Otis einen Diener nach oben, sie zu rufen. Nach einer kleinen Weile kehrte er zurück und sagte, er könne Miss Virginia nirgends finden. Da sie die Gewohnheit hatte, jeden Abend in den Garten zu gehen und Blumen für die Tafel zu holen, beunruhigte sich Mrs. Otis zunächst gar nicht; doch als es sechs Uhr schlug und Virginia nicht auftauchte, geriet sie wirklich in Sorge und schickte die Buben aus, nach ihr zu suchen, während sie selbst und Mr. Otis alle

Räume des Hauses durchstöberten. Um halb sieben kamen die Buben zurück und erklärten, von ihrer Schwester nirgendwo eine Spur entdecken zu können. Nun gerieten alle in einen Zustand höchster Aufregung und wußten nicht, was sie tun sollten; doch plötzlich erinnerte sich Mr. Otis, daß er vor ein paar Tagen einer Zigeunerbande die Erlaubnis erteilt hatte, im Park ihr Lager aufzuschlagen. Deshalb machte er sich sogleich in Begleitung seines ältesten Sohnes und zweier Landarbeiter auf den Weg nach Blackfell Hollow, wo sich die Zigeuner seines Wissens aufhielten. Der kleine Herzog von Cheshire, der vor Besorgnis völlig außer sich war, bat ihn inständig um die Erlaubnis, sich anschließen zu dürfen, aber Mr. Otis wollte es nicht gestatten, weil er fürchtete, es könne dann zu einem Handgemenge kommen. Als sie die Stelle erreicht hatten, entdeckte er freilich, daß die Zigeuner fort waren, und offensichtlich waren sie recht plötzlich aufgebrochen, denn das Feuer brannte noch, und ein paar Teller lagen im Gras. Nachdem er Washington und die beiden Männer losgeschickt hatte, den ganzen Bezirk nach allen Richtungen hin zu durchsuchen, eilte er heim und sandte Telegramme an alle Polizeiinspektoren der Grafschaft, nach einem kleinen Mädchen zu forschen, das von Landstreichern oder Zigeunern entführt worden sei. Dann befahl er, sein Pferd zu bringen, und nachdem er ausdrücklich darauf bestanden hatte, daß sich seine Frau und die drei Jungen zu Tisch setzten, ritt er mit einem Reitknecht auf der Straße nach Ascot davon. Doch kaum war er zwei Meilen weit gekommen, da hörte er jemand hinter sich her galoppieren, und als er sich umdrehte, sah er den kleinen

Herzog auf seinem Pony heranjagen, mit hochrotem Gesicht und ohne Hut. »Es tut mir schrecklich leid, Mister Otis«, keuchte der Junge, »aber ich kann nicht essen, solange Virginia nicht da ist. Bitte, seien Sie mir nicht böse; wenn Sie letztes Jahr in unsere Verlobung eingewilligt hätten, wäre der ganze Kummer nicht passiert. Sie werden mich nicht zurückschicken, nicht wahr? Ich kann nicht zurück! Ich will nicht zurück!«

Der Gesandte mußte lächeln über den hübschen jungen Taugenichts und war sehr gerührt über seine Liebe zu Virginia, deshalb beugte er sich vom Pferd, klopfte ihm freundlich auf die Schulter und sagte: »Also gut, Cecil, wenn Sie nicht zurück wollen, werden Sie wohl mitkommen müssen, aber in Ascot muß ich Ihnen einen Hut besorgen.«

»Oh, zum Henker mit meinem Hut! Ich will Virginia wiederhaben!« rief der kleine Herzog lachend aus, und sie galoppierten weiter zum Bahnhof. Dort erkundigte sich Mr. Otis bei dem Stationsvorsteher, ob jemand, auf den Virginias Beschreibung zuträfe, auf dem Bahnsteig gesehen worden sei, konnte jedoch nichts über sie erfahren. Immerhin telegraphierte der Stationsvorsteher die ganze Strecke hinauf und hinab und versicherte ihm, daß man scharf nach ihr Ausschau halten werde, und nachdem Mr. Otis bei einem Tuchwarenhändler, der eben dabei war, den Laden zu schließen, für den kleinen Herzog einen Hut gekauft hatte, ritt er nach Bexley, einem vier Meilen entfernten Dorf, das ihm als bekannter Aufenthaltsort der Zigeuner genannt worden war, weil in der Nähe eine große Gemeindeweide lag. Hier weckten sie den Gendarmen, konnten aber keine Auskunft von

ihm erhalten, und nachdem sie die ganze Gemeindeweide abgeritten waren, lenkten sie ihre Pferde heim-
wärts und langten gegen elf Uhr todmüde und tief-
bekümmert in Canterville Chase an. Sie stießen auf
Washington und die Zwillinge, die am Pförtnerhäus-
chen mit Laternen auf sie warteten, weil die Allee sehr
finster war. Von Virginia war nicht die mindeste Spur
entdeckt worden. Die Zigeuner hatte man auf den
Brockleywiesen eingeholt, aber Virginia war nicht bei
ihnen, und ihren plötzlichen Aufbruch erklärten sie damit, daß sie sich im Datum des Jahrmarkts von Chorton
geirrt und sich aus Angst, zu spät zu kommen, in aller
Eile davongemacht hätten. Die Nachricht von Virginias
Verschwinden hatte sie tatsächlich tief betrübt, da sie
Mr. Otis sehr dankbar waren für die Erlaubnis, in seinem Park zu lagern, und ihrer vier waren zurückgeblieben, um bei den Nachforschungen zu helfen. Der Karpfenteich war mit Schleppnetzen abgesucht und ganz
Canterville Chase durchstöbert worden, aber ohne jeden Erfolg. Offensichtlich war ihnen Virginia, zumindest für diese Nacht, verloren, und so wanderten Mr.
Otis und die jungen Leute in einem Zustand tiefer Niedergeschlagenheit dem Hause zu, gefolgt von dem Reitknecht mit den beiden Pferden und dem Pony. In der
Halle fanden sie eine Schar verschreckter Dienstboten
vor, und in der Bibliothek lag auf einem Sofa die arme
Mrs. Otis, fast von Sinnen vor Angst und Sorge, und die
alte Haushälterin kühlte ihr die Stirne mit Eau de Co-
logne. Mr. Otis bestand nachdrücklich darauf, daß sie
etwas zu sich nähme, und bestellte sofort das Nachtessen
für alle. Es war ein trübseliges Mahl, da kaum einer

sprach, und selbst die Zwillinge waren scheu und klein-
laut, da sie ihre Schwester sehr lieb hatten. Als sie fertig
waren, schickte Mr. Otis, ungeachtet der inständigen
Bitten des kleinen Herzogs, alle zu Bett mit den Worten,
in dieser Nacht könne nichts mehr unternommen werden
und am Morgen werde er Scotland Yard telegraphisch
um die schleunige Entsendung einiger Detektive bitten.
Gerade als sie das Speisezimmer verließen, begann es
vom Turm Mitternacht zu dröhnen, und als der letzte
Ton hallte, vernahmen sie ein Krachen und einen jähen,
durchdringenden Schrei; ein Donnerschlag erschütterte
das Haus, eine überirdische Musik wehte durch die Luft,
ein Paneel oben im Treppenhaus sprang mit lautem Ge-
töse zurück, und auf den Treppenabsatz, sehr bleich und
sehr weiß, ein Schmuckkästchen in der Hand, trat Virginia. Im Nu waren alle zu ihr hinaufgestürmt. Mrs. Otis
schloß sie leidenschaftlich in ihre Arme, der Herzog er-
stickte sie mit ungestümen Küssen, und die Zwillinge
vollführten einen wilden Kriegstanz um die Gruppe.

»Grundgütiger Himmel! Kind, wo bist du gewesen?«
fragte Mr. Otis etwas ärgerlich, weil er meinte, sie habe
ihnen einen närrischen Streich gespielt. »Cecil und ich
haben auf der Suche nach dir die ganze Gegend abgeritten, und deine Mutter hat sich zu Tode geängstigt. Solche
Späße darfst du dir nie wieder erlauben.«

»Außer mit dem Gespenst! Außer mit dem Gespenst!«
schrien die umherhüpfenden Zwillinge.

»Mein Herzensliebling, Gott sei Dank, daß du wieder
da bist; du darfst nicht mehr von meiner Seite gehen«,
flüsterte Mrs. Otis und küßte ihr zitterndes Kind und
strich ihm über das wirre Goldhaar.

»Papa«, sagte Virginia ruhig, »ich war bei dem Gespenst. Es ist tot, und ihr müßt mitkommen und es sehen. Es ist sehr böse gewesen, hat aber ehrlich bedauert, was es alles getan hat, und ehe es starb, schenkte es mir dieses Kästchen mit schönem Schmuck.« Die ganze Familie starrte sie in stummer Verwunderung an, aber sie war sehr ernst und feierlich, wandte sich um und führte sie durch die Öffnung in der Wandtäfelung in einen engen Geheimgang; Washington folgte als letzter mit einer brennenden Kerze, die er vom Tisch genommen hatte. Endlich gelangten sie an eine mächtige, mit rostigen Nägeln beschlagene Eichentür. Als Virginia sie berührte, schwang sie in ihren schweren Angeln zurück, und sie sahen sich in einem niedrigen kleinen Raum mit gewölbter Decke und einem winzigen vergitterten Fenster. In die Wand eingelassen war ein gewaltiger Eisenring und daran gekettet ein klapperdürres Skelett, das auf dem Steinboden ausgestreckt lag und mit seinen langen fleischlosen Fingern nach einem altertümlichen Holzteller und einem Krug zu greifen schien, die man um eine Winzigkeit außer seiner Reichweite hingestellt hatte. Der Krug war offenbar einst mit Wasser gefüllt gewesen, denn innen war er mit grünem Schimmel bedeckt. Auf dem Holzteller befand sich nichts als ein Häufchen Staub. Virginia kniete neben dem Skelett nieder, faltete ihre kleinen Hände und begann lautlos zu beten, während die anderen staunend auf die grausige Tragödie blickten, deren Geheimnis ihnen nun enthüllt war.

»Hallo!« rief plötzlich einer der Zwillinge, der durch das Fenster geschaut hatte, um zu entdecken, in welchem Flügel des Hauses der Raum gelegen war. »Hallo!

Der alte verdorrte Mandelbaum hat Blüten getrieben. Ich kann sie ganz deutlich im Mondlicht erkennen.«

»Gott hat ihm vergeben«, sagte Virginia ernst, während sie aufstand, und ein herrliches Leuchten schien ihr Gesicht zu erhellen.

»Sie sind ein Engel!« rief der junge Herzog und legte den Arm um ihren Hals und küßte sie.

7

Vier Tage nach diesen seltsamen Ereignissen verließ gegen elf Uhr abends ein Trauerzug Canterville Chase. Der Leichenwagen wurde von acht Rappen gezogen, die auf dem Kopf große Büschel nickender Straußenfedern trugen, und den Bleisarg bedeckte ein kostbares purpurnes Bahrtuch, auf das mit Gold das Wappen derer von Canterville gestickt war. Neben dem Leichenwagen und den Kutschen schritten die Diener mit brennenden Fakkeln, und der ganze Zug war wunderbar ergreifend. Lord Canterville war der Hauptleidtragende und eigens aus Wales hergekommen, um an dem Leichenbegängnis teilzunehmen; er saß mit der kleinen Virginia im ersten Wagen. Dann folgten der Gesandte der Vereinigten Staaten und seine Gattin, dann Washington und die drei Buben, und im letzten Wagen saß Mrs. Umney. Alle waren sich einig gewesen in dem Gefühl, daß sie ein Recht habe, sein Ende mitzuerleben, da sie mehr als fünfzig Jahre ihres Lebens von dem Gespenst erschreckt worden war. Ein tiefes Grab war in der Ecke des Friedhofs ausgehoben, just unter der alten Eibe, und Ehrwür-den Augustus Dampier hielt auf höchst eindrucksvolle Weise den Gottesdienst. Als die feierliche Handlung beendet war, löschten die Diener nach einem alten Brauch des Hauses Canterville ihre Fackeln, und als der Sarg ins Grab gesenkt wurde, trat Virginia vor und legte ein großes Kreuz aus weißen und rosa Mandelblüten darauf nieder. Im gleichen Augenblick kam der Mond hinter einer Wolke hervor und überflutete den kleinen Friedhof mit seinem lautlosen Silber, und in einem fernen Hag begann die Nachtigall zu singen. Virginia dachte daran, wie ihr das Gespenst den Garten des Todes geschildert hatte, ihre Augen wurden trüb von Tränen, und auf der Heimfahrt sprach sie kaum ein Wort.

Am nächsten Morgen, ehe Lord Canterville nach London fuhr, hatte Mr. Otis eine Unterredung mit ihm über den Schmuck, den das Gespenst Virginia geschenkt hatte. Er war einfach herrlich, vor allem ein Halsband von Rubinen, eine Arbeit aus dem sechzehnten Jahrhundert, und er war so ungemein wertvoll, daß Mr. Otis erhebliche Bedenken hatte, ob er seiner Tochter gestatten dürfe, ihn anzunehmen.

»Mylord«, sagte er, »ich weiß, daß in Ihrem Land Schmucksachen ebenso als unveräußerliches Gut gelten wie Grund und Boden, und es ist mir völlig klar, daß dieser Schmuck ein Familienerbstück ist oder sein sollte. Ich muß Sie demnach bitten, ihn nach London mitzunehmen und durchaus als einen Teil Ihres Eigentums zu betrachten, der Ihnen unter ungewöhnlichen Umständen zurückerstattet wurde. Was meine Tochter betrifft, so ist sie ja ein reines Kind und hat, wie ich mit Freuden behaupten kann, noch wenig Interesse für dergleichen

Zubehöre eitler Prachtliebe. Mistress Otis, die, ich darf sagen, in Dingen der Kunst keine geringe Autorität ist, da sie den Vorzug genoß, als junges Mädchen mehrere Winter in Boston zu verbringen, hat mir überdies mitgeteilt, daß diese Edelsteine von ganz erheblichem Wert sind und bei Verkauf einen hohen Preis erzielen würden. Ich bin überzeugt, Lord Canterville, daß Sie zugeben werden, wie unmöglich es unter diesen Umständen für mich wäre, sie im Besitz eines Mitgliedes meiner Familie verbleiben zu lassen, und in der Tat wäre all dieser Putz und Tand, wie angemessen oder unerläßlich auch immer für das Ansehen der britischen Aristokratie, völlig fehl am Platze bei denen, die in den strengen und, ich glaube, unvergänglichen Grundsätzen republikanischer Einfachheit erzogen sind. Vielleicht sollte ich noch erwähnen, daß Virginia sehr viel an Ihrer Erlaubnis gelegen ist, das Kästchen als eine Erinnerung an Ihren unglücklichen, aber irregeleiteten Vorfahren behalten zu dürfen. Da es sehr alt ist und sich folglich in einem ziemlich schlechten Zustand befindet, werden Sie vielleicht nichts dagegen haben, ihre Bitte zu erfüllen. Ich für mein Teil muß gestehen, daß es mich einigermaßen überrascht, bei einem meiner Kinder Interesse für etwas Mittelalterliches festzustellen, und kann es nur dem Umstand zuschreiben, daß Virginia in einem Ihrer Londoner Vororte geboren wurde, kurz nachdem Mistress Otis von einer Reise nach Athen zurückgekehrt war.«

Lord Canterville hörte sich die Rede des vortrefflichen Gesandten ganz ernst an, wobei er hin und wieder an seinem grauen Schnurrbart zupfte, um ein unwillkürliches Lächeln zu verbergen, und als Mr. Otis geendet

hatte, schüttelte er ihm herzlich die Hand und erwiderte:
»Mein lieber Mister Otis, Ihre reizende kleine Tochter
hat meinem unglücklichen Vorfahren, Sir Simon, einen
höchst bedeutenden Dienst erwiesen, und ich und meine
Familie sind ihr für ihren erstaunlichen Mut und ihre
Unerschrockenheit zu großem Dank verpflichtet. Der
Schmuck gehört zweifellos ihr, und wahrhaftig, ich
glaube, wenn ich so herzlos wäre, ihn ihr zu nehmen,
würde der böse alte Gesell binnen vierzehn Tagen aus
seinem Grab steigen und mir das Leben verteufelt sauer
machen. Was den Begriff Erbstück betrifft, so ist nichts
ein Erbstück, was nicht als solches in einem Testament
oder Aktenstück aufgeführt ist, und das Vorhandensein
dieses Schmucks war völlig unbekannt. Ich versichere
Ihnen, daß ich nicht größeren Anspruch auf ihn habe als
Ihr Butler, und ich möchte behaupten, wenn Miss Virginia heranwächst, wird sie sich freuen, so hübsche Dinge
tragen zu können. Außerdem vergessen Sie, Mister
Otis, daß Sie die Einrichtung und das Gespenst zum
Taxpreis übernahmen, und somit ging alles, was dem
Gespenst gehörte, in Ihren Besitz über; denn welche Tä-
tigkeit Sir Simon auch nachts im Korridor entwickelte,
vom gesetzlichen Standpunkt aus war er einwandfrei
tot, und Sie haben sein Eigentum durch Kauf erworben.«

Mr. Otis war recht bekümmert über Lord Cantervilles Weigerung und bat ihn, sich seinen Entschluß
noch einmal zu überlegen, aber der gutmütige Lord
blieb fest und bekam den Gesandten schließlich so weit,
daß er seiner Tochter erlaubte, das von dem Gespenst
überreichte Geschenk zu behalten, und als im Frühjahr

1890 die junge Herzogin von Cheshire anläßlich ihrer Vermählung beim ersten großen Empfang der Königin vorgestellt wurde, war ihr Schmuck allerseits Gegenstand der Bewunderung. Denn Virginia erhielt die Adelskrone, die Belohnung aller tugendhaften kleinen Amerikanerinnen, und heiratete ihren jugendlichen Verehrer, sobald er mündig geworden war. Sie waren beide so reizend und liebten einander so sehr, daß sich alle über die Heirat freuten, ausgenommen die alte Marquise von Dumbleton, die versucht hatte, den Herzog für eine ihrer sieben unverheirateten Töchter zu angeln, und deswegen nicht weniger als drei kostspielige Festessen gegeben hatte, und ausgenommen, wie seltsam es auch klingt, Mr. Otis. Mr. Otis mochte den jungen Herzog persönlich überaus gern, theoretisch war er jedoch gegen Titel und, um seine eigenen Worte zu gebrauchen, ›nicht ohne Besorgnis, daß unter den entnervenden Einflüssen einer vergnügungssüchtigen Aristokratie die wahren Grundsätze republikanischer Einfachheit vergessen würden‹. Aber seine Einwände wurden als unhaltbar verworfen, und ich glaube, als er, seine Tochter am Arm, durch das Seitenschiff der Sankt-Georgs-Kirche, Hanover Square schritt, gab es in ganz England weit und breit keinen stolzeren Mann.

Als die Flitterwochen vorüber waren, begaben sich der Herzog und die Herzogin nach Canterville Chase und gingen am Nachmittag des zweiten Tages zu dem einsamen Friedhof hinter den Fichtenwäldern. Die Inschrift für Sir Simons Grabstein hatte zuerst großes Kopfzerbrechen bereitet, doch am Ende war man zu dem Entschluß gekommen, nur die Initialen des alten

Herrn und die Verse vom Fenster der Bibliothek gravieren zu lassen. Die Herzogin hatte wunderschöne Rosen mitgebracht, die sie auf das Grab streute, und nachdem sie eine Weile davorgestanden hatten, schlenderten sie zu dem verfallenen Chor der alten Abtei. Dort setzte sich die Herzogin auf eine umgestürzte Säule, und ihr Gatte legte sich zu ihren Füßen nieder, rauchte eine Zigarette und blickte zu ihren schönen Augen auf. Plötzlich warf er die Zigarette fort, ergriff ihre Hand und sagte: »Virginia, eine Frau sollte vor ihrem Mann keine Geheimnisse haben.«

»Lieber Cecil! Ich habe keine Geheimnisse vor dir.«

»Doch«, antwortete er lächelnd, »du hast mir nie erzählt, was dir begegnete, als du mit dem Gespenst eingeschlossen warst.«

»Das habe ich niemandem erzählt, Cecil«, sagte Virginia ernst.

»Ich weiß, aber mir könntest du es sagen.«

»Verlang es bitte nicht von mir, Cecil, ich kann es dir nicht sagen. Der arme Sir Simon! Ich verdanke ihm so viel. Ja, lach nicht, Cecil, es ist wirklich so. Er hat mich erkennen lassen, was das Leben ist und was der Tod bedeutet und warum die Liebe stärker ist als beide.«

Der Herzog stand auf und küßte liebevoll seine Frau.

»Du kannst dein Geheimnis so lange behalten, wie mir dein Herz gehört«, sagte er leise.

»Das hat dir schon immer gehört, Cecil.«

»Und eines Tages wirst du 's unsern Kindern erzählen, nicht wahr?«

Virginia errötete.

Die Sphinx
ohne Geheimnis

Eine Ätzung

Eines Nachmittags saß ich draußen im Café de la Paix und beobachtete den Glanz und die Schäbigkeit des Pariser Lebens und staunte bei meinem Wermut über das seltsame Panorama von Pracht und Armut, das an mir vorüberglitt, als ich jemanden meinen Namen rufen hörte. Ich drehte mich um und erblickte Lord Murchinson. Wir hatten uns nicht gesehen, seit wir vor nahezu zehn Jahren zusammen im College gewesen waren, deshalb freute ich mich, ihn zufällig wiederzutreffen, und wir schüttelten uns herzlich die Hand. In Oxford waren wir sehr befreundet gewesen. Ich hatte ihn mächtig gern gehabt, er war so hübsch, so hochherzig und so anständig. Wir sagten damals von ihm, er würde der beste Kerl sein, wenn er nur nicht immer die Wahrheit sagen wollte, aber ich glaube, in Wirklichkeit bewunderten wir ihn seines Freimuts wegen noch um so mehr. Ich fand ihn sehr verändert. Er sah bekümmert und verwirrt aus und schien sich über etwas nicht schlüssig zu sein. Ich spürte, daß es nicht moderner Skeptizismus sein konnte, denn Murchinson war der hartnäckigste Tory und glaubte so fest an den Pentateuch, wie er an das Oberhaus glaubte; deshalb schloß ich, es müsse sich um eine Frau handeln, und fragte ihn, ob er schon verheiratet sei.

»Ich verstehe nicht genug von Frauen«, antwortete er.

»Mein lieber Gerald«, sagte ich, »Frauen sind dazu bestimmt, geliebt zu werden, nicht aber, verstanden zu werden.«

»Ich kann nicht lieben, wo ich nicht vertrauen kann«, erwiderte er.

»Mir scheint, in Ihrem Leben gibt es ein Geheimnis, Gerald«, rief ich aus, »erzählen Sie mir davon.«

»Lassen Sie uns eine Spazierfahrt machen«, entgegnete er, »hier ist es zu voll. Nein, keinen gelben Wagen, jede andere Farbe – dort der dunkelgrüne geht«; und wenige Augenblicke später fuhren wir im Trab den Boulevard hinunter in Richtung Madeleine.

»Wohin sollen wir fahren?« fragte ich.

»Oh, wohin Sie wollen!« antwortete er. »Vielleicht in das Restaurant im Bois, dort können wir essen, und Sie werden mir alles von sich erzählen.«

»Zuerst will ich Sie hören«, sagte ich. »Erzählen Sie mir Ihr Geheimnis.«

Er holte aus der Tasche ein kleines Saffianetui mit silbernem Schloß und reichte es mir. Ich öffnete es. Es enthielt die Photographie einer Frau. Sie war groß und schlank und seltsam malerisch mit ihren großen, verschwommenen Augen und dem offenen Haar. Sie sah wie eine Hellseherin aus und war in kostbares Pelzwerk gehüllt.

»Was halten Sie von diesem Gesicht?« fragte er. »Ist es vertrauenerweckend?«

Ich prüfte es sorgfältig. Es mutete mich an wie das Gesicht eines Menschen, der ein Geheimnis hat, aber ob es ein gutes oder böses Geheimnis war, konnte ich nicht sagen. Seine Schönheit war eine aus vielen Rätseln geschaffene Schönheit – tatsächlich jene Schönheit, die von der Seele ausgeht und nicht in der äußeren Form liegt –, und das schwache Lächeln, das um die Lippen spielte, war viel zu hintergründig, um wirklich liebreizend zu sein.

»Nun«, rief er ungeduldig aus, »was sagen Sie dazu?«

»Sie ist die Gioconda in Zobel«, antwortete ich. »Lassen Sie mich alles über sie wissen.«

»Nicht jetzt«, sagte er, »nach dem Essen«, und er begann von anderen Dingen zu reden.

Als uns der Kellner den Kaffee und Zigaretten brachte, erinnerte ich Gerald an sein Versprechen. Er stand von seinem Platz auf, ging einige Male im Zimmer hin und her und erzählte mir, indem er sich in einen Lehnstuhl sinken ließ, folgende Geschichte:

»Eines Abends«, begann er, »ging ich gegen fünf Uhr durch die Bond Street. Es war ein fürchterliches Gedränge von Wagen, und der Verkehr kam fast zum Stehen. Dicht neben dem Bürgersteig hielt ein kleiner gelber Brougham, der aus irgendeinem Grunde meine Aufmerksamkeit erregte. Als ich vorbeiging, schaute aus ihm das Gesicht hervor, das ich Ihnen heute nachmittag zeigte. Es bezauberte mich sofort. Die ganze Nacht mußte ich daran denken und den ganzen folgenden Tag. Ich wanderte jene abscheuliche Häusergasse auf und nieder, stierte in jeden Wagen und wartete auf den gelben Brougham, aber ich konnte meine schöne Unbekannte nicht entdecken und begann am Ende zu glauben, sie sei nur ein Traum. Etwa eine Woche später war ich zum Essen bei Madame de Rastail. Es sollte um acht Uhr zu Tisch gegangen werden, aber um halb neun warteten wir immer noch im Salon. Endlich stieß der Diener die

Tür auf und meldete Lady Alroy. Es war die Frau, nach der ich gesucht hatte. Sie trat ganz langsam ein, anzusehen wie ein Mondstrahl in grauen Spitzen, und zu meinem ungeheuren Entzücken wurde ich gebeten, sie zu Tisch zu führen. Als wir uns gesetzt hatten, bemerkte ich völlig arglos: ›Ich glaube, ich habe Sie vor einiger Zeit in der Bond Street gesehen, Lady Alroy!‹ Sie wurde sehr bleich und sagte mit leiser Stimme: ›Bitte sprechen Sie nicht so laut, man könnte Sie hören.‹ Ich war unglücklich, einen so schlechten Anfang gemacht zu haben, und stürzte mich Hals über Kopf in eine Unterhaltung über französische Stücke. Sie sprach sehr wenig, stets mit derselben leisen, melodischen Stimme und als fürchte sie, jemand könne zuhören. Ich verliebte mich leidenschaftlich, ohne Sinn und Verstand, und die unerklärlich geheimnisvolle Atmosphäre, die sie umgab, erregte meine heftigste Neugier. Als sie ging, was sehr bald nach dem Essen geschah, fragte ich sie, ob ich sie besuchen dürfe. Sie zögerte einen Augenblick, schaute um sich, um zu sehen, ob jemand in unserer Nähe sei, und sagte dann: ›Ja, morgen um dreiviertel fünf.‹ Ich bat Madame de Rastail, mir von ihr zu erzählen, aber ich konnte nichts weiter erfahren, als daß sie eine Witwe mit einem schönen Haus in Park Lane sei, und als ein langweiliger gelehrter Schwätzer mit einer Vorlesung über Witwen begann, die ein Beispiel dafür gäben, daß der Ehetauglichste überlebe, entfernte ich mich und ging heim.

Tags darauf war ich pünktlich auf die Sekunde in Park Lane, erhielt jedoch von dem Butler den Bescheid, daß Lady Alroy soeben ausgegangen sei. Ganz unglücklich und im höchsten Grade verwirrt eilte ich in den Club und schrieb ihr nach langem Überlegen einen Brief, in dem ich sie fragte, ob ich an einem anderen Nachmittag mein Glück versuchen dürfe. Mehrere Tage erhielt ich keine Antwort, doch endlich ein kleines Briefchen, daß sie am Sonntag um vier zu Hause sein werde, und mit dem merkwürdigen Postskriptum: ›Bitte schreiben Sie mir nicht wieder hierher, ich werde es Ihnen erklären, wenn wir uns sehen.‹ Am Sonntag empfing sie mich und war ganz und gar bezaubernd, doch als ich ging, bat sie mich, falls ich je wieder Anlaß haben sollte, ihr zu schreiben, meinen Brief an ›Mistress Knox, per Adresse Buchhandlung Whittaker, Green Street‹ zu senden. ›Es gibt Gründe‹, sagte sie, ›warum ich in meinem eigenen Haus keine Briefe empfangen kann.‹

Die ganze Saison hindurch sah ich sie sehr oft, und stets umgab sie diese geheimnisvolle Atmosphäre. Mitunter kam mir der Gedanke, sie befinde sich in der Gewalt irgendeines Mannes, aber sie sah so unnahbar aus, daß ich es nicht glauben konnte. Es war wirklich sehr schwer für mich, zu einem Schluß zu kommen, denn sie glich einem jener seltsamen Kristalle, die man in Museen sieht und die in diesem Augenblick klar und im nächsten trübe sind. Am Ende beschloß ich, sie zu fragen, ob sie meine Frau werden wolle: Ich war der ewigen Geheimhaltung, die sie meinen Besuchen und meinen paar Briefen an sie auferlegte, müde und überdrüssig. Ich schrieb ihr an die Adresse der Buchhandlung und fragte sie, ob sie mich am nächsten Montag um sechs empfangen könne. Sie sagte zu, und ich war im siebenten Himmel der Wonne. Ich war von ihr betört, trotz des Geheimnisses, wie ich damals glaubte – seinetwegen, wie ich jetzt erkenne. Nein, die Frau selbst war es, die ich liebte. Das Geheimnis störte mich, machte mich rasend. Warum mußte mich der Zufall auf seine Spur führen?«

»Sie entdeckten es also?« rief ich.

»Ich fürchte«, antwortete er. »Urteilen Sie selbst.

Als der Montag herankam, ging ich mit meinem Onkel zum Lunch und befand mich gegen vier Uhr in der Marylebone Road. Wie Sie wissen, wohnt mein Onkel in der Regent's Park. Ich wollte nach der Piccadilly und ging, um den Weg abzukürzen, durch eine Menge schäbiger kleiner Gassen. Plötzlich erblickte ich vor mir Lady Alroy, tiefverschleiert und eiligen Schrittes. Als sie das letzte Haus in der Straße erreicht hatte, ging sie die Stufen hinauf, holte einen Schlüssel hervor, öffnete die Tür und trat ein. ›Hier ist das Geheimnis‹, sagte ich mir, und ich eilte hin und musterte das Haus. Es sah aus, als würden dort Zimmer vermietet. Auf der Schwelle lag ihr Taschentuch, das sie verloren hatte. Ich hob es auf und steckte es in meine Tasche. Dann begann ich zu überlegen, was ich tun sollte. Ich kam zu dem Schluß, daß ich kein Recht hätte, ihr nachzuspionieren, und fuhr in den Club. Um sechs ging ich zu ihr. Sie lag auf dem Sofa, in einem Nachmittagsnegligé aus Silberbrokat, gerafft von ein paar ungewöhnlichen Mondsteinen, die sie stets trug. Sie sah ganz entzückend aus. ›Ich freue mich so, Sie zu sehen‹, sagte sie, ›ich bin den ganzen Tag nicht aus gewesen.‹ Ich starrte sie verwundert an, holte das Taschentuch hervor und reichte es ihr. ›Das haben Sie heute nachmittag in der Cumnor Street verloren, Lady Alroy‹, sagte ich sehr ruhig. Sie sah mich entsetzt an, machte aber keine Anstalten, das Taschentuch zu nehmen. ›Was taten Sie dort?‹ fragte ich. ›Welches Recht haben Sie, mich zu fragen?‹ antwortete sie. ›Das Recht eines Mannes, der Sie liebt‹, erwiderte ich, ›ich kam her, um Sie zu fragen, ob Sie meine Frau werden wollen.‹ Sie verbarg ihr Gesicht in den Händen und brach in eine Tränenflut aus. ›Sie müssen es mir sagen‹, fuhr ich fort. Sie stand auf, blickte mir gerade ins Gesicht und erklärte: ›Da gibt es nichts zu sagen, Lord Murchinson.‹ – ›Sie sind hingegangen, um sich mit jemandem zu treffen‹, schrie ich, ›das ist Ihr Geheimnis!‹ Sie wurde schrecklich bleich und sagte: ›Ich habe mich mit niemandem getroffen.‹ – ›Können Sie nicht die Wahrheit sagen?‹ rief ich aus. ›Ich habe die Wahrheit gesagt‹, gab sie zurück. Ich war wahnsinnig, außer mir, ich weiß nicht, was ich sagte, aber ich sagte ihr gräßliche Dinge. Schließlich stürzte ich aus dem Hause. Am Tag darauf schrieb sie mir einen Brief; ich schickte ihn ungeöffnet zurück und reiste mit Alan Colville nach Norwegen. Nach einem Monat kam ich zurück, und das erste, was ich in der ›Morning Post‹ las, war die Todesanzeige von Lady Alroy. Sie hatte sich in der Oper erkältet und war fünf Tage später an Lungenentzündung gestorben. Ich schloß mich ein und empfing niemanden. Ich hatte sie so sehr geliebt, ich hatte sie so wahnsinnig geliebt. Großer Gott! Wie hatte ich diese Frau geliebt!«

»Sie gingen zu der Straße, zu jenem Haus?« fragte ich.

»Ja«, antwortete er.

»Eines Tages ging ich in die Cumnos Street. Ich konnte nicht anders, Zweifel quälten mich. Ich klopfte an die Tür, und eine ehrbar aussehende Frau öffnete mir.

Ich fragte sie, ob sie Zimmer zu vermieten habe. ›Je nun, Sir‹, antwortete sie, ›eigentlich sind die Empfangszimmer vermietet, aber ich habe die Dame drei Monate lang nicht gesehen, und da die Miete dafür nicht bezahlt ist, können Sie sie haben.‹ – ›Ist dies die Dame?‹ fragte ich und zeigte ihr die Photographie. ›Aber ja, ganz bestimmt!‹ rief sie aus, ›und wann kommt sie zurück, Sir?‹ – ›Die Dame ist tot‹, erwiderte ich. ›Oh, Sir, das will ich nicht hoffen!‹ sagte die Frau. ›Sie war meine beste Mieterin. Sie hat mir drei Guineen die Woche bezahlt, bloß um hin und wieder in meinen Empfangszimmern zu sitzen.‹ – ›Hat sie sich hier mit jemandem getroffen?‹ fragte ich, aber die Frau versicherte mir, das sei nicht der Fall gewesen, sie sei stets allein gekommen und habe niemanden empfangen. ›Was in aller Welt hat sie dann hier getan?‹ rief ich aus. ›Sie hat einfach hier gesessen und Bücher gelesen, Sir, und manchmal Tee getrunken‹, antwortete die Frau. Ich wußte nicht, was ich sagen sollte, so gab ich ihr einen Sovereign und ging. Nun, was meinen Sie, was das alles zu bedeuten hatte? Sie glauben doch nicht etwa, daß die Frau die Wahrheit gesagt hat?«

»Allerdings.«

»Aber warum ging dann Lady Alroy dorthin?«

»Mein lieber Gerald«, antwortete ich, »Lady Alroy war einfach eine Frau mit einer Manie fürs Geheimnisvolle. Sie mietete jene Zimmer um des Vergnügens willen, mit herabgezogenem Schleier hingehen und sich einbilden zu können, sie sei eine Heldin. Sie hatte eine Leidenschaft fürs Geheimnisvolle, aber sie selbst war nur eine Sphinx ohne Geheimnis.«

»Glauben Sie das wirklich?«

»Ich bin überzeugt davon«, erwiderte ich.

Er holte das Saffianetui hervor, öffnete es und betrachtete die Photographie. »Ich bin im Zweifel«, sagte er schließlich.

Der Modellmillionär

*Ein Vermerk
der Bewunderung*

Wenn man nicht wohlhabend ist, nützt es einem nichts, ein reizender Kerl zu sein. Romantik ist das Vorrecht des Reichen, nicht das Geschäft des Stellungslosen. Der Arme sollte praktisch und prosaisch sein. Es ist besser, ein ständiges Einkommen zu haben, als bestrickend zu sein. Das sind die großen Wahrheiten des modernen Lebens, die sich Hughie Erskine nie vergegenwärtigte. Armer Hughie! In geistiger Beziehung, das müssen wir zugeben, war er kein großes Licht. Nie in seinem Leben sagte er etwas Brillantes oder auch nur Boshaftes. Aber dafür sah er wundervoll aus mit seinem braunen Kraushaar, seinem klar geschnittenen Profil und seinen grauen Augen. Er war bei Männern ebenso beliebt wie bei Frauen und besaß alle nur erdenklichen Talente außer dem einen, Geld zu verdienen. Sein Vater hatte ihm seinen Kavalleriesäbel und eine ›Geschichte des Spanischen Krieges der Engländer gegen Napoleon I.‹ in fünfzehn Bänden hinterlassen. Das erstgenannte Erbstück hängte Hughie über seinen Spiegel, stellte das zweite in ein Regal zwischen Ruffs Reiseführer und Baileys Magazin und lebte von zweihundert Pfund im Jahr, die ihm eine alte Tante bewilligte. Er hatte alles mögliche versucht. Er war sechs Monate zur Börse gegangen; aber was hatte ein Schmetterling zwischen Hausse-Bullen und Baisse-Bären zu suchen? Ein wenig länger hatte er mit Tee gehandelt, aber Pekoe und Souchong bald satt bekommen.

Dann hatte er's mit dem Verkauf von Sherry Extra Trocken versucht. Das klappte nicht, der Sherry war etwas zu trocken. Schließlich wurde er gar nichts, ein entzückender, unfähiger junger Mann mit einem vollendeten Profil und ohne Beruf.

Um die Sache noch schlimmer zu machen, war er verliebt. Das Mädchen, das er liebte, war Laura Merton, die Tochter eines pensionierten Obersten, der seine Gemütsruhe und seine gute Verdauung in Indien verloren und beides nicht wiedergefunden hatte. Laura betete Hughie an und war bereit, ihm die Schuhbänder zu küssen. Sie waren das hübscheste Paar von London und besaßen zusammen keinen Penny. Der Oberst mochte Hughie sehr gern, wollte aber von einer Verlobung nichts wissen.

›Kommen Sie wieder, mein Junge, wenn Sie zehntausend Pfund Ihr eigen nenne, dann werden wir weitersehen‹, pflegte er zu sagen, und an solchen Tagen blickte Hughie sehr verdrossen drein und mußte bei Laura Trost suchen.

Eines Morgens, als er auf dem Weg nach Holland Park war, wo die Mertons wohnten, schaute er bei Alan Trevor hinein, einem guten Freund. Trevor war Maler. Das können heutzutage wenige vermeiden. Aber er war auch Künstler, und Künstler sind recht selten. Äußerlich war er ein merkwürdiger, ungehobelter Bursche mit einem Gesicht voller Sommersprossen und einem roten Zottelbart. Aber wenn er den Pinsel zur Hand nahm, war er ein wahrer Meister, und seine Bilder waren eifrig gefragt. Er hatte sich von Anfang an zu Hughie hingezogen gefühlt, und zwar zunächst, das muß gesagt werden, ein-

zig und allein wegen seiner äußeren Reize. ›Die einzigen Leute, mit denen ein Maler verkehren sollte‹, pflegte er zu sagen, ›sind Leute, die dumm und schön sind, Leute, deren Anblick ein künstlerischer Genuß und deren Unterhaltung eine geistige Ruhepause ist. Männer, die Dandys, und Frauen, die Schätzchen sind, regieren die Welt oder sollten es zumindest.‹ Doch als er Hughie besser kennenlernte, mochte er ihn ebensosehr wegen seines frohen, heiteren Gemüts und seines großzügigen, unbekümmerten Wesens und hatte ihm ständig Zutritt zu seinem Atelier gestattet.

Als Hughie eintrat, sah er Trevor die letzten Pinselstriche an dem wundervollen lebensgroßen Bildnis eines Bettlers ausführen. Der Bettler selbst stand auf einem Podium in einer Ecke des Ateliers. Er war ein vertrockneter alter Mann mit einem Gesicht wie zerknittertes Pergament und einem höchst erbarmungswürdigen Ausdruck. Um seine Schultern hatte er einen großen braunen Mantel geworfen, der nur noch aus Rissen und Fetzen bestand; seine klobigen Stiefel waren notdürftig ausgebessert und geflickt, und mit einer Hand stützte er sich auf einen derben Stock, während die andere einen abgenutzten Hut nach Almosen ausstreckte.

»Welch ein erstaunliches Modell!« flüsterte Hughie, als er seinem Freunde die Hand gab.

»Erstaunliches Modell?« rief Trevor mit seiner lautesten Stimme aus. »Das sollte ich meinen! Solche Bettler wie den trifft man nicht alle Tage. *Une trouvaille, mon cher*, ein lebender Velázquez! Lieber Himmel, welch eine Radierung hätte Rembrandt von ihm gemacht!«

»Armer alter Kerl!« sagte Hughie. »Wie jammervoll

er aussieht! Aber für euch Maler ist sein Gesicht vermutlich sein Vermögen?«

»Gewiß«, erwiderte Trevor, »man braucht schließlich keinen Bettler, der glücklich aussieht, nicht wahr?«

»Wieviel bekommt ein Modell für das Sitzen?« fragte Hughie, während er es sich auf dem Diwan bequem machte.

»Einen Shilling für die Stunde.«

»Und wieviel bekommst du für das Bild, Alan?«

»Oh, für dies bekomme ich zweitausend.«

»Pfund?«

»Guineen. Maler, Dichter und Ärzte bekommen immer Guineen.«

»Meiner Ansicht nach sollte das Modell Prozente erhalten,« rief Hughie lachend aus. »Sie arbeiten ebensoschwer wie du.«

»Unsinn, barer Unsinn! Denk allein an die Mühe, die Farbe aufzutragen und den ganzen Tag vor der Staffelei zu stehen! Du hast gut reden, Hughie, aber ich versichere dir, es gibt Augenblicke, in denen sich die Kunst fast zu der Würde handwerklicher Arbeit aufschwingt. Aber schwatz jetzt nicht, ich bin sehr beschäftigt. Rauch eine Zigarette und halt den Mund.«

Nach einer Weile kam der Diener und meldete Trevor, daß ihn der Rahmenmacher zu sprechen wünsche.

»Lauf nicht weg, Hughie«, sagte Trevor, als er hinausging, »ich bin gleich wieder da.«

Der alte Bettler benutzte Trevors Abwesenheit, sich ein Weilchen auf einer Holzbank auszuruhen, die hinter ihm stand. Er sah so hilflos und unglücklich aus, daß Hughie Mitleid mit ihm haben mußte und in seinen Taschen kramte, um festzustellen, wieviel Geld er bei sich habe. Alles, was er finden konnte, waren ein Sovereign und ein paar Kupfermünzen. ›Armer Alter‹, dachte er bei sich, ›er braucht das Geld nötiger als ich, aber das bedeutet, daß ich mir vierzehn Tage keinen Hansom leisten kann.‹ Und er ging durch das Atelier und drückte dem Bettler den Sovereign in die Hand. Der alte Mann fuhr zusammen, und ein schwaches Lächeln flog über seine runzligen Lippen. »Vielen Dank, Sir«, sagte er, »vielen Dank.«

Dann kam Trevor, und Hughie verabschiedete sich, ein wenig errötend über das, was er getan hatte. Er verbrachte den Tag mit Laura, wurde auf bezaubernde Weise wegen seiner Verschwendung gescholten und mußte zu Fuß heimgehen.

Am selben Abend schlenderte er gegen elf Uhr in den Paletten-Club und sah Trevor allein im Rauchzimmer bei Rheinwein und Selters sitzen.

»Nun, Alan, hast du dein Bild fertig?« fragte er, als er seine Zigarette anzündete.

»Fertig und gerahmt, mein Junge!« antwortete Trevor. »Und übrigens hast du eine Eroberung gemacht. Das alte Modell, das du gesehen hast, ist ganz vernarrt in dich! Ich mußte ihm alles von dir erzählen – wer du bist, wo du wohnst, wie hoch dein Einkommen ist, welche Aussichten du hast ...«

»Mein lieber Alan«, rief Hughie, »wahrscheinlich wird der Alte auf mich warten, wenn ich nach Hause gehe. Aber natürlich machst du nur Spaß. Armer alter Teufel! Ich wünschte, ich könnte etwas für ihn tun. Es muß schrecklich sein, wenn man so in Not ist. Ich habe zu Hause einen Haufen alter Kleidungsstücke – meinst du, ihm wäre etwas daran gelegen? Seine Lumpen fallen ja schon in Fetzen.«

»Aber er sieht prachtvoll darin aus«, sagte Trevor. »Um nichts in der Welt würde ich ihn in einem Gehrock malen wollen. Was du Lumpen nennst, nenne ich Romantik. Wo du Armut siehst, sehe ich das Malerische. Immerhin werde ich ihm dein Angebot übermitteln.«

»Alan«, sagte Hughie ernst, »ihr Maler seid ein herzloses Pack.«

»Eines Künstlers Herz ist sein Kopf«, erwiderte Trevor, »und im übrigen ist unser Gewerbe, die Welt anzuerkennen, wie wir sie sehen, nicht die uns bekannte umzuschaffen. *A chacun son métier.* Und nun erzähl mir, wie es Laura geht. Das alte Modell hat sich sehr für sie interessiert.«

»Du willst doch nicht etwa sagen, daß du mit ihm über sie gesprochen hast?« rief Hughie aus.

»Allerdings. Der Alte weiß jetzt alles über den hartherzigen Oberst, die liebreizende Laura und die zehntausend Pfund.«

»Du hast dem alten Bettler meine ganzen Privatangelegenheiten erzählt?« rief Hughie mit hochrotem und ärgerlichem Gesicht.

»Mein lieber Junge«, sagte Trevor lächelnd, »der alte Bettler, wie du ihn nennst, ist einer der reichsten Männer Europas. Er könnte morgen ganz London kaufen, ohne sein Konto zu überziehen. In jeder Hauptstadt hat er eine Niederlassung, speist von goldenen Schüsseln und kann, wenn es ihm beliebt, Rußland hindern, Krieg zu führen.«

»Was in aller Welt meinst du damit?« rief Hughie.

»Das, was ich sage«, antwortete Trevor. »Der alte Mann, den du heute im Atelier sahst, ist Baron Hausberg. Er ist ein guter Freund von mir, kauft all meine Bilder und dergleichen und hat mir vor einem Monat den Auftrag gegeben, ihn als Bettler zu malen. *Que voulez-vous? La fantaisie d'un millionaire!* Und ich muß sagen, er nahm sich großartig aus in seinen Lumpen, oder vielleicht sollte ich besser sagen, in meinen Lumpen, denn es war altes Zeug, das ich in Spanien aufgabelte.«

»Baron Hausberg!« schrie Hughie. »Grundgütiger Himmel! Und ich habe ihm einen Sovereign gegeben!« Und – ein Bild der Bestürzung, ließ er sich in einen Sessel fallen.

»Du hast ihm einen Sovereign gegeben?« brüllte Trevor und brach in schallendes Gelächter aus. »Mein lieber Junge, den wirst du nicht wiedersehen. *Son affaire c'est l'argent des autres.*«

»Das hättest du mir aber sagen können, Alan«, bemerkte Hughie verdrossen, »daß ich mich nicht so zum Narren mache.«

»Nun, zunächst Hughie«, entgegnete Trevor, »ist es mir nie in den Sinn gekommen, daß du herumgehst und auf so leichtsinnige Weise Almosen spendest. Ich kann es verstehen, wenn du ein hübsches Modell küßt, aber einem häßlichen einen Sovereign zu geben – das verstehe ich wahrhaftig nicht! Außerdem war ich an dem Tag wirklich für niemanden zu Hause, und als du kamst, wußte ich nicht, ob es Hausberg recht wäre, wenn sein Name genannt würde. Du weißt, er war nicht gesellschaftsfähig angezogen.«

»Für welch einen Trottel muß er mich halten!« sagte Hughie.

»Durchaus nicht. Er war bester Laune, als du gegangen warst, kicherte dauernd vor sich hin und rieb sich die alten verrunzelten Hände. Ich konnte nicht dahinterkommen, warum er so daran interessiert war, alles über dich zu erfahren, aber jetzt ist mir alles klar. Er wird deinen Sovereign für dich anlegen, dir alle sechs Monate die Zinsen zahlen und hat eine famose Geschichte, die er nach dem Dinner erzählen kann.«

»Ich bin ein Unglücksteufel«, knurrte Hughie. »Am besten gehe ich jetzt zu Bett, und, lieber Alan, du darfst es niemandem erzählen. Ich würde nicht wagen, mein Gesicht in der Rotten-Row sehen zu lassen.«

»Unsinn! Die Sache wirft das beste Licht auf dein menschenfreundliches Gemüt, Hughie. Und lauf nicht weg. Rauch noch eine Zigarette, und du darfst auch soviel von Laura erzählen, wie du magst.«

Dennoch wollte Hughie nicht bleiben, sondern er ging heim und fühlte sich sehr unglücklich, als er Alan Trevor verließ, der immer wieder in Lachen ausbrach.

Am nächsten Morgen, als er beim Frühstück saß, brachte ihm der Diener eine Visitenkarte, auf der geschrieben stand: ›Monsieur Gustave Naudin, de la part de M. le Baron Hausberg‹.

›Vermutlich kommt er, um meine Entschuldigung einzuholen‹, sagte sich Hughie und befahl dem Diener, den Besucher heraufzuführen.

Ein alter Herr mit goldener Brille und grauem Haar trat ins Zimmer und sagte mit leicht französischem Akzent:

»Habe ich die Ehre, mit Monsieur Erskine zu sprechen?« Hughie verbeugte sich.

»Ich komme von Baron Hausberg«, fuhr er fort. »Der Baron . . .«

»Ich bitte Sie, Sir, ihm meine aufrichtigste Entschuldigung zu übermitteln,« stammelte Hughie.

»Der Baron«, sagte der alte Herr mit einem Lächeln, »hat mich beauftragt, Ihnen diesen Brief zu übergeben«, und er reichte ihm einen versiegelten Umschlag.

Auf dem Umschlag stand: ›Ein Hochzeitsgeschenk für Hugh Erskine und Laura Merton von einem alten Bettler‹, und drinnen lag ein Scheck über zehntausend Pfund.

Als sie heirateten, war Alan Trevor Brautführer, und der Baron hielt beim Hochzeitsfrühstück eine Rede.

»Millionäre als Modell für ein Bild«, bemerkte Alan, »sind selten genug; aber als Vorbild sind sie wahrhaftig noch seltener!«

Zu dieser Ausgabe

insel taschenbuch 1151
Oscar Wilde
Lord Arthur Saviles Verbrechen
und andere Geschichten

Der Text in der Übersetzung aus dem Englischen von Christine Hoeppener folgt der insel taschenbuch-Ausgabe: Oscar Wilde, Gesammelte
Werke in zehn Bänden. Herausgegeben von Norbert Kohl. Band 2,
Märchen und Erzählungen (it 582), Insel Verlag Frankfurt am Main
1982. Für die Übersetzungen von Christine Hoeppener: (©) 1976 Insel-Verlag Anton Kippenberg, Leipzig. Die Erzählungen Oscar Wil-
des erschienen gesammelt zuerst in folgender Ausgabe: *Lord Arthur
Savile's Crime and other Stories*, London: Osgood, McIlvaine, 1891.
Darin: *Lord Arthur Savile's Crime – The Canterville Ghost – The Sphinx
without a Secret – The Model Millionaire*. Umschlagabbildung und Illustrationen wurden für die vorliegende Ausgabe von Michael Schroeder angefertigt.

Englische und amerikanische Literatur
im insel taschenbuch

153/1/7.88

Englische und amerikanische Literatur
im insel taschenbuch

153/2/7.88

Englische und amerikanische Literatur
im insel taschenbuch

153/3/7.88

153/5/7.88

Englische und amerikanische Literatur
im insel taschenbuch

153/6/7.88

Französische, spanische, italienische Literatur
insel taschenbuch

Französische, spanische, italienische Literatur
insel taschenbuch

152/2/4.87

Französische, spanische, italienische Literatur
insel taschenbuch

Französische, spanische, italienische Literatur
insel taschenbuch

152/4/4.87

Französische, spanische, italienische Literatur
insel taschenbuch

152/5/4.87